小学館文庫

土下座奉行

伊藤尋也

小学館

目次

序

土下座、というのは不思議なものだ。

言うまでもなく、それは地にひれ伏しておこなう最大絶対の謝罪である。

だが日《ひ》の本《もと》に住まう人間ならば、もとより床や地べたに座するものであるし、手をつき頭を下げるのも普通の挨拶《あいさつ》しぐさにすぎぬ。

——なのに『土下座』と銘打たれた瞬間、そこには謝意、謝罪、屈辱、屈服、敗北、卑下などといった負の意味合いが、強烈なまでに注ぎ込まれるのだ。

ただの御辞儀《おじぎ》との差はなんであるのか？

我々の胸の内にある、

『どうしても、この姿勢でだけは謝りたくない』

という感情は、いつどのように芽生えたものなのか？

いずれにせよ……。

(——お奉行、なにゆえ土下座をしておられるのか⁉)

弘化《こうか》年間、徳川家慶《とくがわいえよし》公が治世のこと。

中庭の桜もそろそろ散り際。昼下がりの北町奉行所。

廻《まわ》り方同心、小野寺重吾《おのでらじゅうご》は見てしまった。

三日前に着任したばかりの町奉行が、桜の木の下で這《は》いつくばって謝る姿を。

「——申し訳ござらぬ！　どうか！　どうか、この通り！」

「——う、うむ……。主《あるじ》に伝えておきましょう」

なぜ庭で？　あきれたものだ。

奉行は今年で五十一。冴《さ》えない風貌《ふうぼう》の持ち主である。うだつの上がらぬ、と言ってもよい。双眸《そうぼう》に眼光とぼしく、まぶたは常に眠たげな半開き。

気性は温厚そのもので、中間《ちゅうげん》や下女相手にも決して笑顔を絶やさぬが、それも『威厳や風格が感じられぬ』と奉行所内での評判はかんばしくなかった。

一方、土下座の相手は三十代半ばの侍で、身なりからしてどこぞの用人《ようにん》あたりであろう。歳《とし》といい、武士としての格といい、奉行よりうんと下のはず。

にもかかわらず、この新任町奉行はうっすら目に涙すら浮かべながら、

「――ひらに！　ひらにご容赦！」

と、土の地べたにひれ伏していたのだ。

(事情は知らぬが情けない……。武士たるもの、まして町奉行たるもの、人に畏《おそ》れられ頭を下げられるべき存在であろうに。とはいえ――)

ひとつだけ感心すべき点もあった。

(……なんと、きれいな土下座であろうか)

手をつく位置は、ちょうど膝の先から二寸。角度はぴしりと正三角。

頭を深々と下げながらも体幹は一切左右にぶれず、まっすぐな背は鋼《はがね》の筋が通っているかのごとし。両足と腰はずしりと根が張ったように揺るぎない。

その重み、その威容、どこか名城の石垣を連想させる。

まるで茶道の名人か、あるいは剣の達人のする謝罪《それ》ではないか。

風で桜の舞い散る中、見惚《みと》れるほどの土下座であった。

(このお奉行、なんらかの武芸を極めておいでか、あるいはよほど頭《こうべ》を下げ慣れておられるのか)

おそらくは後者であろう、と小野寺は感じた。

武芸の達人であったなら、このように軽々しく人に謝るはずがない。


奉行の名は、牧野駿河守成綱《まきのするがのかみなりつな》。

人呼んで〝どげざ奉行〟。

のちに将軍家慶公より土下座御免状を賜《たまわ》り、ペリーと対決する男である。

壱「かんのん盗（前編）」

一

月番《つきばん》初日から、嫌なものを見てしまった。

（お奉行、なんと情けない姿か。あまりの低頭平身ぶりに、相手が逆に困っているではないか）

小野寺重吾は二十八歳。

真面目《まじめ》な男だ。

まだ若いのに十二名いる廻り方同心のうち序列は五位。熱心な仕事ぶりで知られていたが、それ以上に口うるさいので有名だった。

よせばいいのに他の同心たちに、やれ書状の字が汚いだの、やれ着物が派手すぎてはしたないだのと、細かいことに口を出す悪癖の持ち主であったのだ。

おかげで、ついたあだ名は〝しゅうとめ重吾〟。

最近も序列十一位の同僚に『お前の小者《こもの》（岡っ引き）は商家から袖の下を取りすぎている』と苦言を呈し、ひと悶着《もんちゃく》起こしたばかりであった。

そのような性分であったから、奉行の土下座は許せない。

（せめて庭でなく、どこかの部屋でひっそり頭を下げればよいものを。誰かに見せたいわけでもあるまいし）

同心の身でありながら武士の矜持《きょうじ》を重んじる小野寺としては、なにか一言、物申してやりたかったが――、

（もう見ていられぬ。なので、見なかったことにしよう）

気づかなかったふりをして、さっさと通りすぎることにした。

しゅうとめ殿とて末端の同心。さすがに奉行へ小言は申せぬ。

ただ去り際に、

「おほん」

と一発、咳払《せきばら》いを残していった。これとて、かなりの度胸と言えよう。

この咳音に、土下座相手の侍はびくっと背中を震わせていたが、奉行は深く頭を下

げたまま身じろぎひとつしなかった。

小野寺が中庭の見える廊下を通ったのは、ほんの偶然でしかない。

この先には廻り方担当与力の部屋がある。報告の書類《かきつけ》を届けに行く途中であったのだ。

「梶谷《かじや》様、入ります」

「お……おや、どうした？」

来たのが小野寺であると気づくや、与力の梶谷は慌てて着物の衿《えり》を正し、羽織の紐《ひも》がほどけていないか指で触れて確かめた。

〝しゅうとめ重吾〟の前では皆、こうだ。

この梶谷は悪い意味での役人気質《かたぎ》なところはあるものの、廻り方担当という花形職を任されるだけあって優秀かつ仕事に厳しい男である。

しかし、それでも小野寺と顔を合わせるたびに『なにか言われてはかなわぬ』とソワソワしだすのが常であった。

今日とて、普段なら小野寺は一言、口を出していたはずだ。

（梶谷様、羽織の袖にかぎ裂きの穴が……。だが、今はわざわざ口を出すまい）

いやしくも上様の御名のもとで働く与力が、穴開き羽織とはなにごとか。だらしのない身だしなみは幕府の威厳を損ねよう。

――とはいえ、ついさっき、もっと許せぬものを見たばかりだ。

奉行のしていたことを思えば、袖の穴くらいたかが知れる。

「梶谷様、今朝の押し込みの一件、書きつけを作って参りました。――それと、うかがいたきことが」

「……どうした？」

なにを問い詰められるのかと、またも梶谷の顔に緊張が走るが――、

「新しいお奉行は、いったいどのようなお方なのです？」

質問の中身を聞くや、梶谷は「ぷふっ」と噴き出した。

「そのように険しい面持ちでお奉行のことを訊《たず》ねるとは……。さては小野寺、お奉行のあれを見たのだな？」

「あれ、とは？　もし、それが拙者の見たものであれば、その――」

「うむ。『ど』の字のことよ」

つまりは『ど』げざ。

奉行が土下座をしていたなどと口にするのは憚《はばか》られたため、遠回しな隠語を使ったのであろう。

「小野寺よ、よいものを見たな。私はまだ見ておらぬのに」

梶谷は声を押し殺しつつ腹を抱えて笑っていた。この反応は小野寺にとって予想外のものである。

「まだ、ということは――つまり、あのお奉行はしょっちゅう『ど』の字をしているということでしょうか？」

「そうらしい。こちらも噂《うわさ》で聞いただけよ。――いいか、人には言うなよ。私でなく皆が言っているのだ。あのお奉行は……」

梶谷は一旦わざわざ障子を開けて外を覗《のぞ》き、部屋のまわりに誰もおらぬと確認したのち、うんと声をひそめて囁《ささや》いた。

「『の』の字だ」

また一文字。

『ど』の字が『土下座』であるのだから、『の』の字は『能無し』あたりであろう。

「あのお方、とにかく役に立たぬのだ。来てから三日、仕事はすべて我ら与力衆に任せきり。報告の書きつけにもろくに目を通しておらん。おまけに、すぐに姿をくらます。——ま、代役では真面目に仕事をする気になれんのも無理あるまいがな」

「代役、でございますか？」

「本当は別のお方が北町奉行になるはずだったのだ。しかし急な病にかかられ、代わりにあの牧野駿河守様が選ばれたと聞いている」

今、千代田のお城にはふたりの大権力者が存在する。

片や〝大御所老《ろうじゆう》〟こと水野越前守忠邦《みずのえちぜんのかみただくに》。

もと老中であり、世にいう天保《てんぽう》の改革の立役者。一度は失脚しながらも再び権力の中枢に返り咲いた人物である。現在は形式上、病で職を辞したことになってはいるが、今なお院政まがいの形で幕政の実権を握り続けていた。

片や〝新進気鋭〟阿部伊勢守正弘《あべいせのかみまさひろ》。

現役の老中で、弱冠二十七歳で幕府官僚機構の頂点に立った風雲児。水野の倹約政策で疲れ切った世に新風を吹かせてくれると期待されている。

ふたりは思想も政策も相容《あいい》れず、それぞれ城内に閥を作り、激しい争いを繰り広げていた。

二派の諍《いさか》いのおかげで町奉行を簡単に決められず、

『とりあえずは毒にも薬にもならぬ役立たずに任せ、その間にゆっくり考えよう』

と両派で意見がまとまったのだという。

「つまりは、つなぎの代役よ」

「そのような事情がおありでしたか」

ならば、あの牧野駿河守という男、能無しと判断されたからこそ町奉行に選ばれたということになる。

（お城の都合で、役立たずを送り込んでくるとは……）

おかげで現場の同心や番屋の衆が苦労させられるかもと思うと、自然と眉間《みけん》に険しい皺《しわ》が寄る。

「して、『ど』の字の件は？」

「うむ。牧野様は千代田のお城では〝どげざ駿河〟と呼ばれておられるそうだ」

土下座するとするがをかけた駄洒落《だじゃれ》らしい。

「あのお方はどちらの閥にも属されず、ずっと中立であられるそうだが――」

『の』の字ゆえにどちらにも入れてもらえぬということであろうか？

「しかし、それゆえ何か揉《も》めごとが起きた際には、仲裁を――つまりは、ことを収めるために代理で頭を下げるのを毎回頼まれておられるのだとか」

「代理で頭を？」

「便利使いというわけよ。おかげで結局は、両派からますます軽んじられる一方だそうだ」

なるほど、それで〝どげざ駿河〟。

してみると、先ほどの土下座相手も水野派か阿部派か、どちらかの使者であったのかもしれぬ。

(しかし当人ならばまだしも、使いの者にあそこまでへつらうとは)

そこまで気軽に土下座ができるのも、やはり普段から頭を下げ慣れているからこそであろう。小野寺は改めて新奉行を蔑んだ。

しゅうとめ同心に言わせてみれば、武士として男として、平気で頭を下げられる者など軽んじられて当然であるのだ。

「新任のお奉行、そのようなお方でございましたか」

「はは、与力の間では、誰が最初にお奉行の『ど』の字を目にするかで賭けをしていたのだが、やかまし屋の〝しゅうとめ重吾〟が一番とはな。――言っておくが、お奉行相手にお小言などしてはならんぞ」

「いたしませぬ！」

さすがに、その程度はわきまえている。事実、先ほども咳払いのみで見逃したではないか。

なにか言い返してやろうかとも思ったが、今は大きな捕り物を抱える身だ。

そろそろ現場に戻らねば。

「では梶谷様、拙者はこれにて」

「うむ。気を抜くなよ」

小野寺は、自分の縄張りである上野《うえの》へと急ぐことにした。

二

上野の東に観世坂《かんぜざか》という通りがある。

寛永寺《かんえいじ》の観音堂までそう遠くない距離であるものの、ややこしいことに、そこへと続いているわけではなく、また坂というほど勾配《こうばい》があるわけでもない。嘘《うそ》ばかりの地名であった。

なんでも昔は、うんとまっすぐ進んだ先の丘に小さな観音寺があったとかで、その坂へ続く道ということで名づけられたということだ。

門前の大通りから逸《そ》れてはいたが、上野といえば桜である。もう青葉の目立つ時期とはいえ、まだまだ小路《こうじ》にまで人は満ち、それなりの賑《にぎ》わいを見せていた。

かんざし屋の〝津路屋《つじや》〟は、そんな界隈《かいわい》の一角にある。

しゅうとめ同心は、この店が嫌いだ。

（けしからん店だ。ご公儀があれほど節制を勧めているというのに）

かんざし、櫛《くし》、さらには帯留め、女煙管《ギセル》、煙草《たばこ》入れなど女性《にょしょう》向けの飾り細工全般を取り扱う店であり、構え自体は小ぶりだが大名の奥方や姫君、大店《おおだな》の妾婦《しょうふ》といった上客を相手にたいそう儲《もう》けているとの評判であった。

噂によれば御禁制の贅沢品《ぜいたくひん》もひそかに扱っているのだとか。

当然、堅物の小野寺としては気に食わなかったが、ただ、それでもさすがに『だから皆殺しにされるのだ』と笑う気にはなれなかった。

この店に盗賊が押し入ったのは本日未明のことになる。

奉公人含めて七名いた店の者たちは女子供を問わずに殺され、生き残ったのは押し入れに隠れていた幼い下女ただひとり。

まさに非道、まさしく畜生働きである。もちろん金品も奪われていた。

やがて近所の者が惨状に気づき、番屋を通じて町奉行所へと報《しら》せが入る。――小野寺は現場を検分したのち奉行所へと一旦報告に戻り、奉行の土下座を目にしてから、こうして戻ってきたというわけである。

地元の番太（自身番屋の番人）らは、今も検分を続けているはずであったが――、

（む？　妙に野次馬が集まっているな？）

なぜか店の前に、何十人という人だかりができていた。

しかも多くは男。皆、前へ前へとギュウギュウになり、換気のために開けた表戸から必死に中を見ようとしている。むさくるしいことこの上ない。

昨日までは、若い娘や小洒落《こじゃれ》た商家の女房たちが同じように店を覗いていたというのに。

（あやつらの見ているあたりは、たしか――）

いや、男たちの厭《いや》らしい薄笑いから、おおよそ見当はついていた。

「お前たち、道を開けよ。御用であるぞ」

十手《じって》で人ごみを掻《か》き分け店に入ると、戸口からすぐのあたりに倒れていたのは裸のむくろであったのだ。

（やはり、これを見ていたか。悪趣味な）

若い女の死体であった。

美貌の娘だ。奉公人で、名はお吉《きち》。十八歳。

着物の前は大きくはだけ、白い肌と形のよい乳房がはっきり露《あら》わとなっていた。

哀れなものだ。この有り様は、乱暴されたというわけでなく、刀で斬られた際に帯がいっしょに切れたため。寝巻用の薄い浴衣と細い帯だと、こうなることがたまにある。

むくろは他にも五つあったが、最も人目を引くのはこのお吉のものだった。

と、そんなとき——。

「旦那、お戻りですかい」

奥からヌッと顔を出したのは、小野寺の小者の辰三《たつぞう》だ。

この男、歳は四十六。猪《いのしし》を思わすごつい醜男《ぶおとこ》で、おまけにいつも愛想の無い仏頂《ぶっちょう》面《づら》。

ただ、身だしなみにうるさい〝しゅうとめ重吾〟の手下《てか》らしく、着ているものは小ざっぱりとし、月代《さかやき》やひげもつるつるにしている。——不細工ながらも常に身ぎれいな男であった。

「旦那にお報せしてえことが」

「うむ。だが、それよりまず、お吉のむくろに何かかけてやれ。なぜ丸出しのままで放っておく?」

昼前に小野寺が検分したとき、筵《むしろ》をかぶせておいたはず。

なぜ、また肌を露わにさせているのか。

「へえ、隠すと野次馬が『裸が見えねえ』とやかましいんで」

小者の言葉に、小野寺は眉をひそめる。

あきれたものだ。その野次馬どもの目から隠せと言っているのだ。

「野次馬どもは、この私よりもやかましいのか？」

「いえ……。旦那がそうおっしゃるんでやしたら」

この〝しゅうとめ重吾〟より口やかましい者など、そうおらぬ。

辰三がほとけに筵をかけて隠すと案の定、表から罵声が飛んできた。

「——やい見えねえぞ、けちくせえ！」

「——まったく頭のかてえこった」

「——俺《おり》ゃあ、まだ拝んでねえってのによ」

だが小野寺がじろりと眼光鋭く睨《にら》みつけるや、人ごみは蜘蛛《くも》の子を散らすように去っていく——。

「旦那、本当にいいんですかい？」

「かまわん。これでよい」

辰三の言いたいことはわかっている。

本当は、野次馬は多い方がよい。追い返すなどもってのほかだ。

人を集めて情報を得るのは捕り物技法のいろはのいで、はるか元禄《げんろく》のころには死体の前で楽器を鳴らして見物客を集めたことすらあったという。

（だが、それでも女性《にょしょう》にあんな姿を晒《さら》させるわけにはいかん。むくろとはいえ裸を見せては世の風紀を乱すであろうし、それに……）

彼の妹が、ほとけとちょうど同い年だ。

もし自分の身内があんな晒し者になったらと思うと、捨ておくことはできなかった。

「それで辰三、報せとは？」

「へい、おすゞが起きやした」

「例の生き残りの娘か」

よく見ればつるつる猪の辰三の後ろには、幼い娘がちょこんと隠れるように立っていた。

唯一生き延びた下女がいるのはすでに述べたが、このおすゞがそれである。

歳は十。雪国の生まれだとかで色は白く、頬はつばきのように赤い。押し入れに身を潜めていたため助かったが、ずっと震えて泣くばかりで、ろくに喋《しゃべ》ることすらできずにいた。

当然であろう。ふすまの一枚向こうで見知った者たちが次々殺されていったのだ。その小さな手のひらは、今も辰三の着物の裾《すそ》を摑《つか》んで離さない。

「あっしが必死にあやしたんで、なんとか泣き止《や》んでくれやした」

「そうか」

この仏頂面の猪男、こんな見た目のくせに子供の扱いは上手《うま》かった。

「それで娘はなんと？　賊の手がかりはあったのか？」

「へえ、おすゞが押し入れの中から覗いたところでは、賊の人数は十人デコボコ。うち三人がさむれえだったと」

それについては最初から見当がついていた。

人数は足跡でわかっていたし、侍がいたのも屍《しかばね》に残った傷でわかる。どれも手慣れた刀傷だ。

「他には？」

「ありやす。チョイと気になることを言ってやして。——なんでも、観音《かんのん》サマがなくなってやがるんだとか」

「観世音菩薩《かんぜおんぼさつ》？」

「店の主が大事にしてた仏像だそうで。こう、こんくれえの大きさの焼き物だとか」

辰三とおすゞがそろって手ぶりで示すところによれば、身の丈およそ一尺強。

結構な大きさである。重さも相当だったはず。

観世坂の店だけあって縁起ものということであろうか？　似たような陶製の仏像、たしか奉行所近くの古道具屋にも売っていたはずだが——。

「その観音サマ、普段は蔵に仕舞ってるそうでやすが、主がしょっちゅう取り出してはウットリ眺めてたというんでさ。いっぺん手代《てだい》が掃除ではたきをかけたら、怒って折檻《せっかん》されたらしいんで」

「なるほど、よほど価値のあるものらしい。ただの験《げん》かつぎとは思えん。……しかし、その話、少々妙だぞ？」

この店は、贅沢品を扱うかんざし屋。

高価な品なら、いくらでも蔵や店先に並んでいる。

無論、それらも奪われているが、さすがに全てというわけではない。値の張るものだけを選んで持ち去られていた。

「賊は観音像に価値があると知っていたことになる。そうでないなら、もっと小さなものをいくつも持ち去っていくであろうからな」

珊瑚玉《さんごだま》も銀細工も、まだいくらでも残っている。

なのに、かさばる観音菩薩を選ぶとは。

「へえ旦那、あっしもそう思いやす。――つまり店の誰かが賊を手引きしやがったんでさ。だから観音サマのことを知っていたんでやす」

「うむ」

手際のよさからして、本職の〝引き込み〟であろう。

何か月も前から奉公人として潜り込み、店の様子や金品のありかを調べ、犯行当日は裏口の戸を中から開けて盗人《ぬすっと》どもを招き入れる。――そんな、いわば賊一味の諜者《ちょうじゃ》が津路屋に入っていたに違いあるまい。

横で聞いていたおすゞが、ぽつりとかぼそい声を発した。

「……たぶん、お吉ちゃんです」

裸で死んでいたあのお吉が？

「なぜ、そう思うのだ？」

「ふた月前に奉公に来たばかりですし……それにゆうべどろぼうが入ってきたとき、

お吉ちゃんとお侍がなにやら言い争ってましたから。押し入れの中で聞きました」

だとすれば仲間割れで殺されたということか。

「あと、お吉ちゃんは前々からあたしに『もし夜中に物音がしたら押し入れに隠れるんだよ』と言っていて……。今思うと、どろぼうが来るのを知ってたんです」

つまりは幼いおすゞに仏心をかけたのだ。

(では、それがもとで内輪揉《も》めとなったのかもしれんな)

賊たちは証拠が残らぬよう皆殺しにしたかったので、子供をかくまったお吉が許せず口論となり、怒りにまかせて殺してしまった――といったあたりであろうか。

しかし、今は口に出すまい。

お前のせいで死んだのだ、とおすゞにわざわざ聞かせる必要もなかろう。

番太のひとりから『お吉のやつめ、賊の一味なら筵を取って裸を晒してやりやしょう』と申し出があったが、小野寺は退けた。

その後、現場の検分を続け、近所に聞き込みをしているうちに、あっという間に暮れ六つ過ぎ。

夕焼けが空を染めていた。

「旦那、続きは明日にしやしょうか」

「そうだな。これで番屋の者たちと一杯飲んでくるがいい」

辰三に駄賃を渡し、この日の捕り物は終わりとする。

小野寺自身も再び奉行所に寄って報告をしたのち、八丁堀《はっちょうぼり》の同心屋敷へと帰ることにした。

（月番初日からこれとは、やってられんな）

三

町奉行所は月番制だ。

南北の奉行所がひと月ごとに交代で御役目を務める仕組みとなっている。

ただし非番の側の奉行所もまったくの休みというわけでなく、その間は書状作りなどの座り仕事をする決まりであった。廻り方同心の中には『表で捕り物をする方が気楽でよい』と非番勤めを忌避する者も多い。

小野寺は几帳面《きちょうめん》な性分だけあって座り仕事は嫌いでなかったが、それでも月番初日は自然と心躍るものだった。

——でありながら、いきなりむごい兇賊《きょうぞく》とは。

幸先《さいさき》が悪い。気が滅入《めい》る。

（……それに幸先悪いといえば、お奉行のあれもであるな）

牧野駿河守の土下座を目にしてしまって以来、眉間に皺《しわ》が寄りっぱなしだ。

あんな奉行のもとで、自分たち同心は果たしてやっていけるのだろうか？　江戸の治安はどうなる？　津路屋のような悲劇が増えはしまいか？

屋敷に帰って晩飯を食っている間も、小野寺は腹の虫がおさまらなかった。

ちなみに夕餉《ゆうげ》の献立は、焼いた鰯《いわし》に、麩《ふ》の味噌汁《みそしる》。それに、ぬる燗《かん》を一合。質素であるが味はよい。

苛立《いらだ》ちまかせに鰯を頭からかじっていると——、

「兄上、怒りながらものを食べるものではございませんよ」

妹の八重《やえ》に叱られた。

「お行儀が悪いし、胃の腑《ふ》にも悪うございます。なにより魚屋に失礼でございましょう？」

「そうだな、すまぬ」

魚屋もそうだが、なによりも料理を作った八重に悪い。

この妹は十八歳。

両親を早くに亡くした小野寺にとって唯一の身内であり、いろいろと身の回りの世話をしてくれていた。

近所の者たちからは〝黙っていれば小町〟と囁かれるほどの美形であるものの、残念なことに血筋であるのか、兄と同様、お小言の悪癖がある。

おまけに節介焼きで、箸の上げ下ろしから同心としての御役目にまで、なんにでも口を出してきた。

「兄上ったら、まだ険しいお顔をしておられます。おやめください。それとも、そんなに難しいお捕り物なのですか？　よかったらお話しくださいませ」

「う、うむ……」

ほれ、この調子。

八重は兄の苛立ちの理由を知りたがっているようだったが、今、険しい顔をしていたのは捕り物ではなく奉行の件だ。――奉行の恥は奉行所全体の不名誉。身内といえど打ち明けるわけにはいくまい。

「いや……それよりもう一本、燗をつけてくれ」

「まあ、月番中なのに二本も飲みたがるなんて珍しい。やはり難しい捕り物ですのね。夜中に呼び出しがあってもいいよう、もう半分だけですよ」

妹は台所へと姿を消した。

小野寺は「ふうっ」と息をつき、改めて奉行のことを思い起こす。

(お奉行、土下座など……。だが——)

あのとき、桜吹雪の下でしていた土下座。

武士として見苦しきもののはずなのに、ほれぼれするほど美しく、目に焼きついて離れなかった。

小笠原《おがさわら》流か。あるいは千家《せんけ》か。

さぞかし名のある作法の師匠に習ったものに違いあるまい。

(……こう、であったかな? いや、こうか?)

試しに、奉行の真似《まね》をしてみた。

背を丸めつつも背筋は左右にぶれさせず、頭は深々、両手はぴしりと床につける。

(思いのほか力を使うな……)

筋骨のうち、普段使わぬ部分を駆使するためであったろう。すぐさま背中や腰が疲れ、ぶるぶると震え始めた。

意外であった。小野寺はまだ若く、剣術や十手術の稽古で日々肉体を鍛えていると
いうのに。——だとすればあのお奉行は、どれほど土下座慣れしているというのだ？

そのようなことを考えながら額を畳に擦りつけていると……、

「なにをなさっておいでなのです？」

燗徳利《かんどくり》を手にして台所から戻った妹に、土下座姿を見られてしまった。

「い……いや、これはなんでもない！」

「なんでもなくはないでしょう？　どうして頭を下げておられたのです？」

「だから……肩や背中の肉が凝っていてな、それで姿勢をいろいろ変えていたのだ」

無理のある言い訳だ。

八重はきょとんとしていたが、まさか奉行の真似とは思うまい。

「まあ、これまたお食事中にお行儀の悪い。あとで揉んでさしあげますので、今は鰯とお酒にご専念なさいませ。——それと同心とはいえ武士のはしくれ。土下座の真似など人目がなくともすべきではありませんよ」

「うむ、わかっている……」

また妹に叱られた。さしもの〝しゅうとめ重吾〟も、この〝こじゅうと八重〟にだけは頭が上がらぬ。

——ともあれ、こうして同心の夜は更けていく。

事態が大きく動きだすのは、夜が明けてからのことだった。

四

翌朝、四つ半。小野寺のもとに小者の辰三が迎えに来る。

ちょうど朝餉の最中であった。

「お前も飯を食べていくか？」

「いえ、あっしは結構でさ」

膳の上には、余りものの焼き鰯に、大根の葉の味噌汁、牛蒡《ごぼう》の味噌漬け。

昨夜に続いて粗食である。これは『同心たるもの質素倹約を旨《むね》とすべし』という、父の代からの家訓によるものだ。

他の同心の小者たちは朝晩の食事を主の家で済ます者も多いというが、このつるつる猪は小野寺家の食事がこの程度であるのを知っているため、飯は自宅で済ますのが常であった。

「それより旦那、見てくだせえ。朝売りの瓦版でさあ。津路屋の件が書かれてやす」

「……なんとも許せん挿し絵であるな」

瓦版には、裸のお吉のむくろの絵と、

『——上野くわんのん盗の怪』

という見出し文が書かれていた。

（かんのん盗？　さては番太の誰かが観音像の話を漏らしたな）

観音像だけでなく、店のある観世坂や、お吉の死体が御開帳していることからの連想でもあるのだろう。不謹慎ながらも上手いことを言うものだ。

絵の中のお吉は、実物よりもうんとはしたなく脚を開いた姿で死んでいた。

「むくろとはいえ裸の絵を往来で売るとは、けしからん」

「おかげで飛ぶように売れていやした。ただ、もっとけしからんのは中身の方で」

「中身？」

「旦那の悪口が書かれてやす」

どれ、と文面を読んでみる。

以下は要約——。

『――上野観世坂の津路屋に賊が押し入り、店の者は皆殺しにされていた。裸の美女の死体を一目見ようと大勢の見物客が集まり、屋台も出そうなほどの賑わいであったが、北町の野暮《やぼ》で口やかましい同心のせいですっかり白けてしまった』


ひどい記事だ。なるほど、たしかにけしからん。

しかも小野寺を真っ向から批判している。

朝売りの瓦版というものは魚屋や八百屋といった行商人が買い、商売する先々で話の種にするものだ。

さらに、そこから井戸端に集まる噂好きな女房連中の口を通じ、『北町には野暮で口やかましい同心がいる』という悪評はすぐに江戸中へと広まろう。

「文言では名前をぼやかしてやすが、売り奴《こ》は口上で〝しゅうとめ重吾〟とはっきり申しておりやした。今から版元をしょっぴきやすか?」

「いや、けしからんがそれには及ばん」

今さらしょっぴいたところで手遅れだ。騒ぎを大きくするだけのこと。

「とはいえ八重よ、念のため、しばらく表に出るのはよしておけ。野暮天同心の妹と知られたら、石でも投げられるかもしれん」

「まあ、なにを今さら。そのくらい慣れておりますわ」

その後、小野寺と辰三は、昨日に続いて上野観世坂へと向かう。

途中で何度か、町人とすれ違いざまにヒソヒソ陰口を叩《たた》かれた気がしたが、いちいち咎《とが》めはしなかった。


観世坂の番屋へ行くと、なぜか番太たちは皆、そろって困ったような面持ちをしていた。

「どうした、お前たち？　ははあ、さては瓦版を見たのだな。なに、気にするには及ばぬ」

瓦版で悪く書かれた小野寺を心配し、一同、このような顔をしていたのかと思ったが――、

「いえ、そうじゃねえんでさ」

どうやら違っていたらしい。

「では、なんだ？　一刻も早く賊どもを捕らえ、全員獄門台へ送ってやらねばならん。

もっと気を入れて役目に励め」

「いや、ですから、そうでなく……」

番太たちの曖昧な返事に、小野寺が眉をひそめていると——。

「——オウ、重吾よ。津路屋のかんのん盗は俺が調べることになった」

がらり、と障子戸を開け、見知った顔が入ってくる。

「財前《ざいぜん》⁉」

南町奉行所の廻り方同心、財前孝三郎《こうざぶろう》であった。

人呼んで〝花がら孝三郎〟。

この上野界隈を縄張りとしており、廻り方での序列は六位。異名《いみよう》の通り、いつも赤い派手な着物で見回りをしているので有名な男だ。

北町五位の小野寺重吾とは縄張りが重なり、歳も同じ。なのに序列はひとつ下。

——それが腹に据えかねるのか、そもそも性《しよう》が合わぬのか、ことあるごとに理由をつけては突っかかってくる。一方で小野寺の方も、彼のような男は好きではない。

しかし、なにゆえ南町の財前が？

月番は、小野寺たち北町であるというのに。

「南町は非番であろう？　いかな理屈でお前が出張るか」

目立ちたがり屋ゆえに一丁《いっちょ》嚙《か》みしたくなったのか？

「ふン、俺が決めたことじゃねえよ。実ンところ座り仕事が溜《た》まってて、おめえの獲物を横取りしてる暇なんざねえんだ。――けど、上の方から命じられてな」

「上の方？」

上の方とは、上席の同心か、それとも与力か。あるいは南町の奉行であるのか。

「それに、ちゃんと理屈もあンだよ。――北町《おめえら》の月番は昨日からだろ？　だが津路屋に押し込みが入ったのは一昨日《おととい》の夜。まだ南町《うち》が月番のときのことだ。だから俺が調べる」

「そんなでたらめな話があるか！」

十年以上も廻り方同心として勤めてきたが、そのような理屈は聞いたことがない。

逆ならあり得る。月番最後の日に見つけた事件を、面倒だからと翌日まで知らんぷりするのはたまに聞く話だ。

しかし非番の町奉行所がわざわざ横取りしてまで仕事を増やすなど、普通は考えられないことであった。

(なんにせよ、番太たちが困り顔をしている理由はわかったぞ。間違っているのはどちらであるか、皆も理解できていようが……)

とはいえ番屋は南北どちらかの町奉行所に属しているわけではない。立場上、片方のみに肩入れはできまい。

それどころか正しくないとわかった上で、財前に味方することすらあり得た。

この男は着物が派手なだけあって袖の下の取り方も派手であり、そのおこぼれにあずかれるため番太連中には人気《にんき》がある。

小野寺は逆だ。人気がなかった。

「つうわけで、帰《けえ》ンな重吾」

「なんだと財前よ、お前の言う『上の方』が誰かは知らぬが、このような勝手をされれば北町も黙っておれんぞ」

「黙ってりゃいいンだよ。この件、おめえんとこのお奉行とも話がついてると聞いてるぜ」

「お奉行が⁉」

にわかには信じがたい話だ。

もし本当に話がついているというならば、現場の小野寺にもなんらかの報せがあるだろうに。

五

埒《らち》が明かぬと感じた小野寺は、急ぎ奉行所へと向かうことにした。

「梶谷様、おそれながら――」

「お……おお、どうした小野寺⁉」

部屋の障子を開けると、梶谷はちょうど毛抜きで鼻毛を抜いていた。おまけに袖のかぎ裂きもそのままだ。

普段なら一言物申しているところだが、今は昨日と同様、それどころではない。

「津路屋の一件、南町が受け持つというのは本当でございますか？」

小野寺が訊ねると、梶谷は「はて」とちり紙《し》で鼻をぬぐいつつ首をかしげる。

「聞いておらんぞ？　なぜ南町が」

やはり担当与力も知らぬことであったか。

「お奉行とも話がついていると南町の財前が申しておりました」

「お奉行だと？　そうか……」

——梶谷から、すうっ、と表情が消えていく。

気がつけば、冷たい役人の顔となっていた。さすがは代々の町与力。お役目が絡むと面持ちが変わる。

「理由はわからぬが、そのような勝手をされては我らの仕事が立ち行かぬな。——よし、今すぐお奉行を問い質《ただ》すとしよう。ついてまいれ」

梶谷が動くのは、部下の小野寺のためではない。

仕事をかき乱されるのを望まぬ、役人の本能によるものだ。

生涯を町奉行所で過ごす者たちにとって、余所《よそ》からふらりと着任し、二、三年ほどで去っていく町奉行という存在は、ある意味『外敵』ですらあった。

「お前も知っての通り、牧野様に限らず着任したての町奉行というものは、もの知らずや思いつきで慣習《ならい》に反したことをする。それを正すのも我ら与力の役目というものよ。——今後も『の』の字が余計なことをせぬよう、この機に釘《くぎ》を刺しておかねばな」

「は……」

梶谷の言葉に、今度は小野寺が眉をひそめる。

（お奉行に釘を刺す、か……。梶谷様のこのような役人気質、正直、褒められたものではないが――）

とはいえ、ここは任せるほかない。今は利害が一致した。

小野寺と梶谷は、奉行のいる部屋へと向かう。中庭では桜が散り際で、廊下に吹きこんだ花びらが足の裏に張りついた。

そして、ふたりが部屋の襖《ふすま》の前に着くと――、

「――牧野様、これでは困りますぞ！」


中から、奉行のものではない声が聞こえた。

怒鳴り声だ。何者かの叱る声。

つまりは奉行は、すでに別の者に釘を刺されている最中であったのだ。

（この声、聞き覚えがある……。昨日の客人――お奉行に土下座をさせていた、どこかの使いの侍のものだ）

上手い具合に、襖戸に二寸ほどの隙間が開いていた。

小野寺たちは身を潜めつつ、そっと室内を覗き見る。

（……この位置からでは、客の顔がよく見えぬな？）

隙間は、客人の背中側。

かわりに奉行の顔がよく見えた。

相変わらず町奉行としての威厳はともかく、穏やかで優しげな面相《めんそう》だ。

普段と違って笑みは浮かべず、神妙そうなへの字口をしていたものの、それでもやはり寝起きのえびす様のごとし。

一方、客人はというと――、
好々爺《こうこうや》というにはまだ若いが、いずれそうなる男の相であった。

「――いったい、どうなっておられるのですか！　我が主の言葉、昨日、しかとお伝えしたはず！」

まるで癇癪《かんしゃく》を起こした子供のよう。

主人の威光をかさに着て、目を吊《つ》り上げながら甲高く声を張り上げていた。

（この者、さすがにお奉行を軽んじすぎではないか？　いずこの使者かは知らぬが、これは無礼というものであろうに）

奉行を好いていない小野寺でさえ、気の毒に思えてしまった。

いくらなんでも、このようにキャンキャン怒鳴ることはないではないか。

自分と関わりのない他人ごとにもかかわらず、心情で奉行の味方をしつつあったの

だが……、

「瓦版によれば『北町の野暮な同心』とやらが津路屋の一件を調べているそうではありませぬか！　これは昨日、拙者が帰ったあとのことでございましょう⁉」

客人の手にあったのは、クシャクシャになった件《くだん》の瓦版であった。

（私のせいと⁉）

他人ごとではなかった。

小野寺のせいで奉行は使者に叱られていたのだ。

しかし、なにを怒ることがあろうか？　廻り方同心なのだから賊を追うのは当たり前のこと。むしろ調べぬ方が問題であろうに。

その答えもすぐにわかった。

「拙者は申し上げたはず。津路屋の一件は南町奉行所に任せよと。なのに、何ゆえ⁉」

（そうか……‼　昨日のお奉行とのやり取りは、そのような話であったのか！）

津路屋の押し込みの件、小野寺たちに手を引かせ、南町に譲れとは。

財前の話とも合致する。この使者の主が、北町から事件を奪い、非番の南町に調べさせようとしていたのだ。

しかし、その主とやらは何者なのだ？　南北の町奉行所にそこまでの無理を強いることのできる人物とは――。

そんな疑問に答えるように、小野寺の横で梶谷が声を漏らした。

「あの使者、たしか大番頭《おおばんがしら》様のご用人……」

なるほど、と小野寺は得心する。

大番頭といえば、江戸城と周辺一帯の警備をおおせつかる御役目であり、江戸の治安においても大きな発言力を持つ。

しかも今の大番頭は南町奉行の義理の叔父にあたると聞く。非番中の南町奉行所を動かし仕事をさせるのも、そこまで難しいことではあるまい。

一応の理屈として、使者が言うには、

「重ね重ね申しあげますが、これは我が主の温情にございます。牧野駿河守様はまだ着任したてで御役目に不慣れであろうから、南町で代わってやれとのお心遣いであるのです。御感謝いただきたいものですな」

とのことだ。

無理難題を押しつけておいて、その上、恩まで着せようとは。

小野寺の肩は怒りで震えた。

（大番頭様、なんということか……!!　ご公儀の重職に就かれるお方が、このような横紙破りをするとは！）

これは町奉行所の南北制や月番制そのものを揺るがしかねぬ暴挙であろう。

いや、それ以上に、そのようにお城や奉行同士の都合で捕り物を万全にできぬとなれば八百八町《はっぴゃくやちょう》の治安はどうなる。

殺された津路屋の者たちも浮かばれまい。

（しかし、だとすれば我らがお奉行も許せぬ。牧野駿河守様、そのような申し入れを飲んだというのか⁉）

あのとき見た土下座は、大番頭に従うという意味であったのか。

胸に芽生えかけていた奉行を憐《あわ》れむ心が、小便をかけられた雪のごとく消えていく。

あの男、やはり『の』の字の能無しであったのだ。

――一方、梶谷の怒りは小野寺以上だ。先ほどからずっと、ぎりり、と歯嚙《はが》みの音が鳴っている。部屋の中まで聞こえてしまうのではなかろうか。

ただし、これは小野寺と違い、江戸の町人や津路屋の死者たちを想《おも》ってのものではない。

北町奉行所の面子《メンツ》を踏みにじられたことと、仕事の秩序を乱されたことに対する、役人としての怒りであった。

使者は、なおも奉行を問い詰める。

「お答えいただきたい。よもや牧野様は、当方の頼み、聞き入れてくださらぬということでございましょうか？」

「…………」

「それとも……この野暮な北町の同心とやらは、牧野様の御言いつけに反して勝手に捕り物をしておるのですか？　だとすれば同心ひとり管理できぬということで、奉行の責任は重うございますぞ！　ご返答はいかに！」

またも声を張り上げた。

さては北町奉行所中に、奉行が怒鳴られていることを知らしめるつもりであるのか。

こうして恥をかかせることで大番頭と町奉行、どちらが上の立場であるかを与力や同心にも示そうという算段に違いない。

この問いに対して奉行の牧野駿河は——、

「…………」

と、ただただ無言のまま。

いや、そもそも先ほどから声を発しているのは客人のみ。北町奉行は最初から口をつぐんだきりである。
そんな一方的な沈黙が、さらに十数えるほども続いたのち……。

——かっ。

突如、見開いた。
眠たげに細められていた奉行の両眼が。
それは、あまりにも鋭い眼光。
覗いていた小野寺は一瞬、奉行と目が合った気もした。
そして眼力に負け、ほんのわずかに視線をそらした、その刹那《せつな》——。
（あッ、消えた⁉）
奉行の姿は消えていた。
——否、本当は違う。消えたように見えただけ。
奉行の頭部が大きく位置を変えたため、視界から外れ、見失ったというだけのこと。
牧野駿河は下にいた。
頭を下げ、額を畳に擦りつけていたのだ。

つまりは土下座。昨日と同じ。

「——ひらに、ご容赦！」

同時に沈黙も破られる。謝罪と哀願の声であった。

客人の真後ろ側にいた小野寺は、

（——しまった、喰《く》らった！）

と感じた。

い、い、い、い、い、

土下座を喰らった。

剣の立ち合いであれば今、斬られた。

すぱん、と幹竹《からたけ》を割るがごとく、縦一文字の真っ二つ。

無論、錯覚だ。実際にはただ詫《わ》びられただけであり、それをされたのも自分でなく大番頭の使者である。

でありながら、覗いていただけの小野寺も一緒に斬られた……ように思えたのだ。

（なんと気迫に満ちた土下座か……!!）

昨日見たときは単に『きれい』としか思わなかったが、正面から受けるとこれほどまでに怖《おそ》ろしいとは。

剣に通じた者ならわかる。命を手玉に取る土下座だ。

一歩間違えれば死んでいた。

当の土下座をされた使者は、昨日と同じく困り果てた顔をしながら、

「う、うむ……。では、この件、しかとお頼み申しましたぞ」

と一礼して席を立つ。

気迫に負けて逃げたのであろう。

奉行は「申し訳ござらぬ」と、追い土下座にて見送った。

六

小野寺と梶谷も、見つからぬようその場を立ち去る。

とんでもない光景を目にしてしまった。

「小野寺よ、聞いたな？　お奉行同士で勝手な話を進めおって……。津路屋の押し込み、我ら北町は調べるなと申しておった」

「いかにも」

この与力、どうやらあの土下座の怖ろしさを感じ取れてはいないらしい。剣に通じていないためであろうか。それとも土下座の気迫など、むしろ小野寺の勘違いにすぎなかったのか。

だが、いずれにしてもこの梶谷、自分たちの職分を侵す危機に対する嗅覚だけは、異常なほどに敏感であった。

「これは許されざることである。——かくなる上は小野寺よ、なんとしても津路屋の賊を捕らえるのだ。南町に先を越されてはならん。大番頭様と南町に『北町は風下に立たぬ』と、はっきり態度で示してやれ」

「は……。しかし、お奉行の方はどういたします？　密約を反故《ほご》にすることになりますが」

もちろん、あの奉行の立場が悪くなろうと構わない。

ただ、横紙破りとはいえ奉行同士の取り決めを勝手に破ってよいものなのか？　あとで梶谷も厄介な目に遭いはしないか？　役人気質の彼にとって、それは避けたい事態であろうに。

この疑問に対する梶谷の返事は、予想外のものであった。

「いいや、お奉行はなんの約束もしておられぬ。少なくとも我らが聞いた限りはな」

「……？　どういうことです？」

「お奉行は使者に対し『はい』とも『そうする』とも答えておらん。ただ謝っておられただけだ」

「あっ、そう言えば！」

小野寺は思わず息を飲む。

たしかに思い起こしてみれば、

『──お答えいただきたい。よもや牧野様は、当方の頼み、聞き入れてくださらぬということでございましょうか？』

『──それとも……この野暮な北町の同心とやらは、牧野様の御言いつけに反して勝手に捕り物をしておるのですか？　だとすれば同心ひとり管理できぬということで、奉行の責任は重うございますぞ！　ご返答はいかに！』

これらの問いに対して奉行はただ、

『──ひらに、ご容赦！』

としか答えておらぬ。

さらに『──では、この件、しかとお頼み申しましたぞ』という念押しにも『──申し訳ござらぬ』と詫びただけ。

応とも否とも言っていない。

それどころか、言葉だけなら『頼みを聞き入れることができず申し訳ない』と断っているようにも取れた。

「なんと……。では、お奉行は我ら北町のために土下座をなさってまで事態をうやむやにしてくださったと？」

「いいや、それはあるまい。ただの偶然であろう。あの『の』の字にそんな難しいことができるとは思えぬ。──だいたい我らのことを思うのならば、最初からきっぱり断ってくれればよかっただけだ」

それもそうか、と小野寺は梶谷の言葉に納得する。

うやむやな奉行であるから、うやむやな返事をしただけに違いあるまい。

「では小野寺よ、私は明日まで仮病で身を隠す。お奉行の気が変わって『津路屋の件を調べるな』と言ってくるかもしれんからな。――その間に、お前は賊を捕らえてくるのだ」

「明日まで、でございますか⁉」

さすがに短い。

厳しい捕り物になりそうだ。

幕間の壱

大番頭の使者、片桐喜十《かたぎりきじゅう》は帰路の途中にひとりごちる。

（……昨日に続き、またも土下座をされてしまった）

昨日もひどかった。

『――牧野様は着任したてで、まだ不慣れでございましょう。津路屋の一件は南町に御役目を代わってもらってはいかがかと主が申しております』

そう口にするや否や、その瞬間、牧野駿河守はひらりと怪鳥《けちょう》のごとく庭に跳び降り、『ひらに』と土の地べたにひれ伏したのだ。

片桐はなにが起こったのかを理解できず、またそれ以上になにを謝られたのかを理解できなかった。

とりあえずは『気遣いをさせて申し訳ない』という意味の謝罪と受け取ったが、やはり土下座の理由をその場で確認すべきであったろう。

（しかし目上の者が土下座しているというのに、そのようなこと訊《き》けるはずも……）

さすがに気まずい。

おまけに通りかかった同心に一連の様子を見られてしまった。質問する余裕などあるものか。今日と同じく逃げ帰ることしかできなかった。

とにかく、もう金輪際、北町奉行所へは来たくない。

（牧野駿河め。今日は結局、私はなにを謝られたのだ？）

帰れば主である大番頭から『駿河は言いつけを飲んだか？』と問われよう。

そのとき、どのように答えるべきか……。

（……飲んだ、と答えるとしよう。はっきりせぬ受け答えであったのだから、どう受け取っても間違いではあるまい）

聞き返すために、また使いに行くのは御免だ。

ことが知れればひどく叱られるかもしれぬが、それでも片桐はその場しのぎの返事をすると決めた。決めてしまった。

駿河の土下座がそうさせたのだ。

弐「かんのん盗（後編）」

一

小野寺が奉行所の門を出ると、外では小者の辰三が待っていた。

「旦那、どうでやしたか？」

「捕り物は続ける」

「いいんですかい？　南町と揉めることになりゃしやせんか」

「構わん。梶谷様がお決めになった。ついて来い」

歩きながら、彼は辰三に語る——。

さる大物筋《おおものすじ》が、自分たち北町に対してなぜか『この一件を南町に譲れ』と強く要請していること。

それに対して北町奉行の牧野駿河守は、あいまいな返事をしたこと。

小野寺は与力の梶谷から『明日までに一件を解決せよ』と命ぜられたこと。

——以上、先ほど見聞きした全てを教えることにした。

ただし、奉行の土下座についてだけは別だ。一応隠した。

（さすがに武士の情けというもの……。お奉行本人のみならず北町全体の恥にもなろうからな）

話を聞いた辰三は「ふうむ」と顔をしかめ、いつもの仏頂《ぶつちよう》猪面《いのししづら》をよりいっそう不細工なものにさせる。

「梶谷様、さすがはお役人でございやすな。油断ならねえお人だ」

「なにが言いたい？　こたびの件、私は梶谷様を見直したぞ。——北町の面子と秩序のためとはいえ、危ない橋を渡ってまで私に捕り物を続けさせてくださったのだからな」

「いえ、そこが油断ならねえところで。自分はうまく雲隠れして、小野寺の旦那にあぶねえ橋を全部押しつけるつもりなんでさ。もし面倒ごとになっても旦那が勝手にやったと言い張りゃいい」

「……なるほど」

こういった処世の術は、このつるつる猪の方が小野寺よりも長《た》けている。

いや、そもそも小野寺がこの手の『役所で上手く立ち回る技術』に、あまりにも欠けていた。

彼が〝しゅうとめ重吾〟と陰口を叩かれながらも序列五位でいられるのは、いくつかの大きな手柄を上げたおかげ。――しかし、もし運悪く手柄を逃していたならば、このような世渡り下手の嫌われ者は、今ごろは理由をつけて町奉行所を追い出されていたに違いない。

「むしろお奉行様こそ、旦那の助けになっておられるんじゃねえんですかい？　普通なら我が身かわいさに『瓦版の野暮天同心がやったことでごぜえやす。あやつを罰するので許してくだせえ』と言い逃れをしていたはずでさあ」

だが実際は、奉行の返事は土下座であった。

『野暮天同心を許してやってください』という意味に取れなくもない。

(では、つまりお奉行は私を守ってくださったと？　使者に頭を下げてまで？)

……と、そこまで考えて、小野寺は左右に頭を振った。

あり得まい。これもまた、ただあいまいな態度をとっただけのことだ。

だいたい本当に小野寺のせいではないのだ。罰を受けるいわれはない。

（そうだ。私はもともと『津路屋の件を調べるな』とは聞かされておらん。夕方、奉行所に報告へ寄った際にも、なにも言われなかったではないか。――なぜ、お奉行は黙っておられたのだ？）

大番頭の言いつけを拒んだというのか？

（いや……あのお奉行のことであるからな。単に、与力衆や同心衆に伝え忘れただけとすら考えられる）

あの〝どげざ駿河〟だ。そのくらいの『の』の字ぶりをさらしたとて不思議はあるまい。

「辰三よ、この話はもうよい。今は捕り物のことだけを考えよ」

「へえ、旦那」

やがて、ふたりは上野の観世坂へと戻ってきたが――、

（……さりとて、なにを調べたものか）

番太たちの助力を得られぬ以上、自分と辰三だけで賊の居場所を探すことになる。

だが通常、捕り物をするには地元の自身番屋の力が不可欠だ。

番屋に入ってくる密告《つげぐち》や、あるいは番太が飯屋や悪所で聞く噂話があってこそ、咎人が誰でどこにいるのか探り出すことができるのだ。

まして相手は〝引き込み〟まで使う大掛かりな盗賊一味。当然ながら用心深い。簡単に糸口は摑めぬであろう。

(刻限まで、もう残り少ないというのに……)

やはり明日までに賊を捕らえるなど不可能であったか。

――それと、気になることがもうひとつ。

小者の辰三だ。

「旦那、あの茶屋で話を聞いてみやしょう」

「あの店は昨日聞きに行ったではないか。なにも知らぬと言っていた」

「そうでやしたか？　では、あっちの居酒屋で」

「あの店もだ」

「ですが歩いて疲れやしたし、チョイと休んでいきやせんか？」

辰三は二十年以上前から同心の十手持ちをしており、能力は極めて優秀。勘も鋭い。

小野寺は見習い時代、捕り物のいろはをこのつるつる猪から教わった。ある意味、師とも言える存在だ。

でありながら、今日はどこか様子がおかしかった。

「辰三、調子でも悪いのか？　ずっと的外れなことばかりをしているぞ」

「い……いえ、そんなことありやせんが……」

いいや、絶対におかしい。

無意味なところへとばかり聞き込みに行かせようとするし、少し歩けば『疲れた』だの『腹が減った』だのと休みたがる。

腕利きのはずの辰三が、役に立たぬどころか邪魔をしているようではないか。

どういうつもりか問い詰めようとした、そんなとき——。


「オウ重吾。おめえ、まだこの界隈ウロウロしてやがったか」


〝花がら孝三郎〟こと南町同心の財前に出くわした。

「財前か。お前も聞き込みをしていたのか？」

「『お前も』じゃねえよ莫迦《ばか》野郎。おめえは聞き込みすンなっての。かんのん盗は南町《うち》が調べんだから、しばらく上野に顔を見せんな」

「そういうわけにはいかんな。北町《こちら》のお奉行からはそのような話は聞いておらん」

嘘偽りはない。奉行がなにを申しつけられているのか知ってはいたが、少なくとも自分にはまだ捕り物中止は命ぜられていなかった。

財前は「チッ」と舌打ちをし、しばらく黙して考え込むと——やがて、なにやら意を決したのか、声を潜めて小野寺に告げた。

「……おめえ、チョイと面《つら》を貸しな。いいことを教えてやるから、人のいねえところに来やがれ」

二

「実はよ、さっきバッタリ会ったような顔をしてたが、本当は少し前におめえらを見かけてな。ずっとあとを尾行《つけ》てたんだ。——ははッ、あちこち探し回ってンのにサッパリじゃねえか」

「……見られていたか。気づかなかったぞ」

尾行は財前の特技のひとつだ。派手な着物を着ているくせに相手に気づかれることなく何刻《なんとき》でも追い続ける。

小野寺は彼のことを最低の廻り方同心であると思っているが、この技術だけは評価せざるを得なかった。

「〝矢なぎ〟でいいや。来な。二階に座敷があって話がしやすい」

「うむ」

〝矢なぎ〟は観世坂からさらに一本外れた小道にある安居酒屋だ。

小野寺も一度だけ入ったことがある。

愛想の悪い中年夫婦がふたりきりで切り盛りしており、名物は玉こんにゃくの煮物。親爺《おやじ》がけちなので他の具はろくに入っていないが、味が濃ゆくて酒に合う。

ただし、狭い上に古びた店で掃除も行き届いておらず、綺麗《きれい》好きの〝しゅうとめ重吾〟としては許しがたい。本当は二度と行かぬと決めていた。

「オウ、二階を借りるぜ。適当に酒と食いモンを持ってきな」

逆に財前は馴染《なじ》みであるらしい。

彼に連れられ埃《ほこり》っぽい階段を昇り、常連用の座敷席に上がる。――意外にも一階と違って汚れていない。あまり使っていないためであろう。

酒とつまみはすぐに来た。つまみは件のこんにゃく煮。いかにも味の染みた飴色《あめいろ》で、煮汁の匂いがぷんと漂う。

「まあ飲め」

「いいや、まだ聞き込みの途中だ。飲んではいられん」

「いいから飲めって。聞き込みなんかすンな。ガキんときからの昔馴染みじゃねえか。ひさしぶりに語り合おうぜ」

「気色の悪いことを言うな」

昔馴染みなのは本当だが、仲がよかったのは子供のころだけ。今は犬猿の仲ではないか。

だが財前は構わず話を続ける。断っているのに酒も勝手に注《つ》いできた。

「とにかく、今のうちにはっきりさせときてえンだ。——おめえ真面《まじ》でかんのん盗の件、調べる気かよ？」

「悪いか？」

「悪い。決まってンだろ。だいたい、てめえ、なんで南町《うち》が邪魔してンのかわかってんのか？」

「いや、わからんが……」

「かんのん様よ」

津路屋から盗まれた観音像か？

たしかに気にはなっていた。普通、陶製の観音像などたいした値段はつかぬもの。

なのに店の主人が大事にしていたということは、よほど珍しいものであるのか、あるいは……。

「ありゃあ、中に厄場《やば》いモンが入ってんのさ」

「なんだと⁉」

どうやら『あるいは』の方であったらしい。

「だから手ぇ引きな。かんのん様の中身は阿部様派の南町《うち》のお奉行が預かる。水野様派の手に渡ったら面倒くせぇ。どっち派でもねえ北町《おめえんとこ》のお奉行には渡せねえ」

「……なるほど、千代田のお城がらみの一件であったのか」

今の話で、おおよそだが察しがついた。

かんざしの津路屋は御禁制品を扱っていたという噂であるが、そのような裏商売、御公儀のお偉方が一枚嚙んでいなくば難しい。

〝大御所老〟水野越前守忠邦と当代老中の阿部伊勢守正弘、ふたりの権力者がそれぞれ率いる閥のうち、阿部派の誰かが裏にいたということであろう。

阿部派は倹約政策に反対の立場。話の筋は通る。

（では、中に入っていたのはその証拠だと？　くまのあたりか？）

いわゆる熊野誓紙。なにか悪行を為《な》す際に『自分たちはこの一件の共犯である』と熊野牛王符《ごおうふ》の裏に名を記して誓紙とした。

まじないではなく裏切り防止のための証書だ。また『ここに書かれた以上のことは知らぬ』という予防線の意味合いも持つ。

けちな盗人から汚職をする上級武士まで、ここ二十年ほどの悪事界隈（という界隈があればだが）で広く流行《はや》っている風習だった。

そのような証拠品、万が一、敵対する水野派の手に渡れば、阿部派には一大事となろう。

「そうか、見た目よりずっと面倒な難件《やま》であったのだな」

世渡り下手の小野寺にとっては、特に難しい一件だ。

「わかったろ？　おめえの手にゃ負えねえ。だから今すぐ手ぇ引け。しばらく上野に顔を見せンな。——こりゃあ、おめえのためでもあるんだかンな？」

「私のため？」

「そうだ。もし『かんのん盗の一件は小野寺が勝手に調べていただけ』と責任おっかぶせられそうになっても、今なら『いえ調べてはおりませぬ。それが証拠になんにも見つけちゃございません』と、しらばっくれられるだろうが」

「ふん、勝手なことを。本当はお前自身の都合だろう？」

もし小野寺が賊を捕らえれば、この〝花がら孝三郎〟は南町の奉行や上役からさんざん叱られ面目も丸つぶれになる。それを怖れているに違いなかった。

「ま、たしかに俺の都合もあンだが……。けど、おめえのためってのも本当だ。それが証拠に――」

そして財前は、驚きの一言を発する。

「そこの辰三も、ずっと聞き込みの邪魔をしてただろ？」

「――ッ⁉」

まさか。信じられぬ。

慌てて辰三の方に目を向けると、つるつる仏頂猪は脂汗をだらだら流して詫び始めた。

「すいやせん、旦那！　けど、あっしが止めなかったせいで旦那が腹でも切ることになりゃ、世話になった先代に顔向けができやせんので……‼」

つまり財前の言葉は真実だったというわけだ。

（辰三のやつ、今日は的外れなことばかりしていたが……）

まさか賊を見つけられぬよう、わざとやっていたとは。

責める気は起きない。この猪は猪なりに自分のことを考えてくれていたのだろう。

小野寺は猪口《ちょこ》の中の冷めた酒を、ぐいっと一気に飲み干した。

味は、ただ苦いだけだ。


話は終わり、一同そろって階下へ降りるが――、

「――見たかい、かんのん盗の瓦版」

「――オウ。瓦版どころか俺《おり》ゃあ昨日、津路屋に見物へ行ってきたんだ」

一階では職人風の酔客たちがモゴモゴと玉こんにゃくを頬張りながら、津路屋の件を噂していた。

ぴたり、と小野寺の階段を降りる足が途中で止まる。

「――観音ぼとけを見ようと並んでたんだが、〝しゅうとめ〟とかいう同心《サンピン》が邪魔しやがってよ」

「――へへ、瓦版屋の言ってた通りだ。そんな粋《いき》じゃねえ野郎、賊を捕まえられねえにちげえねえ」

これには応《こた》えた。

『粋でないから賊を捕まえられない』とは好き勝手なことを言うが、実際、兇賊一味

についてはなんの手がかりも得られていない。酔っ払いの戯言《たわごと》にも一分の理があるのかもしれぬ。

財前は「ふふン」と鼻で笑っていた。

三

「じゃあな、しばらく上野に来ンじゃねえぞ」

財前は去り、小野寺と辰三だけがぽつんと裏通りに残された。

果たして、この後はどうするべきか。

あの花がら同心の言いなりになるのは癪《しゃく》であったが、しかし……。

(私が賊を追うことを、誰も望んでいないのか……?)

大番頭や、財前たち南町はもちろん、辰三も番屋の者たちも。

それどころか瓦版屋やそこいらの町人たちさえ。

与力の梶谷からは『追え』と命じられていたが、明日までなどは不可能だ。

いや、そもそも期限を区切ったのは無理と決まっているからではないのか? ほんの一日、形だけでも捕り物を続ければ『理不尽な横槍《よこやり》に屈しなかった』と恰好《かっこう》がつく。

そのためだけのことなのでは？

むしろ本当に捕らえでもすれば北町奉行所と大番頭との揉めごととなり、梶谷も困るのではなかろうか？

（ならば、どうせ捕り物などしても……）

小野寺は町を駆けずり回ることに一抹の虚《むな》しさを覚えていた。

だが、そんなとき――。

「……む？　あれは――」

奇妙なことに気がついた。

「辰三よ、そっと後ろを見よ。妙な者がこちらを窺《うかが》っておるぞ」

「妙な？　ああ、あそこにいる婆《ばば》あですかい？」

その距離、およそ十間。

やや離れた物置小屋の陰からひとりの老婆が身をひそめつつ、ジッと小野寺たちを見つめていたのだ。

歳はゆうに七十を過ぎていよう。まるで干からびた芋のように黒くて皺だらけの顔をしており、身なりも汚く、着ているものもやはり干からびた芋の皮のよう。なのに背筋はぴんと伸び、どこか凛《りん》とした、品のあるたたずまい。もとは武家の奥方か大店の女房であったのかもしれぬ。

「あの顔、たしか昨日も見た。津路屋に集まっていた野次馬のひとりだ」

女の、しかも年寄りの野次馬は珍しかったので印象に残っていた。間違いない。

「あの老女、なにか用であろうか？」

「さあ？　あっしが思うに、その……瓦版の同心だから珍しくて見てるだけじゃねえですかい？」

嫌なことを言う。さては辰三、まだ捕り物の邪魔をする気か。

たしかに『瓦版の野暮天同心だから』というのもあり得る話だが、あの態度はどちらかといえば……。

「あの者、なにか一件について知っているのでは？」

それで密告《つげぐち》でもしたいのではなかろうか？

あるいは老いたる身ながらも盗賊の一味で、捕り物がどれだけ進んでいるのか気になり見張っているのか？

いずれにせよ、ようやく手がかりを掴めるかもしれぬ。

「あの老女、逃がしてはならん！　辰三、今度は邪魔するなよ」

「へえ、そこまで申されるなら」

辰三と無駄話を続けるふりをしながら、わずかずつ立つ位置を変え、老婆との距離を詰めていく。

少しずつ。うんと少しずつ。

目を合わさず。しかし目を離さず。

十間が九間、九間が八間と、じりじりと老婆の方へと向かっていったが……。

「旦那、怪しいさむれえが婆あに近づいてやす」

「なにっ？」

直後、彼らが横目で見たものは、ただ奇妙としか言えぬ光景であった。

男は、着流しに二本差しという浪人風。

編み笠《がさ》を深くかぶっていたため顔は隠れていたものの、体つきや落ち着いた着物の趣味から五十かそこらの歳であろう。

いずれにせよ剣術か礼儀作法を学んだ者であったに違いあるまい。歩き方の癖でわかる。腰や背筋のぶれぬあの動き、ただの浪人ではあり得ない。

（あの者、もしや――）

そんな浪人者が、件の老婆へ近寄ると、

「――御免！」

と声を発するや、次の瞬間。

（あっ！　また消えた⁉）

否。また下だ。いつぞやと同じく下がっただけ。

頭が、すうっ、と真下に移動したのだ。

男は、土下座していた。

道の真ん中で。大勢の人目がある往来で。

それも、見覚えのある美しい土下座だ。

（あのひれ伏し方、やはり……!!）

深編み笠のまま顔を地に伏していたため、その面相は隠れていたが――顔など見なくとも誰だかわかった。

（あの土下座、お奉行か！）

頭を下げられた老婆は、驚きからか、それとも小野寺が近づきすぎてしまったからか、急ぎその場から逃げ出し、上野の人ごみの中へと消えていく。

（しまった、老女を逃がした！　だが、それよりも――）

「……お奉行でございますな？」

声をかけると、男は膝をはたきながら立ち上がり、ひょい、と笠の前側を指で持ち上げた。

その顔は、まさしくあの寝ぼけえびす。

北町奉行、牧野駿河守であったのだ。

「お主、廻り方同心の小野寺重吾であるな？　一度、話をしたかったのだ」

「私と、でございますか……？」

四

奉行に「静かに話せるところに行こう」と連れられ、小野寺と辰三がやって来たのは——、

「ふふ、日に二度も同じ店に行かせてすまぬな」

「いえ……」

ついさっき店を出たばかりの居酒屋〝矢なぎ〟であった。

「ここの二階は盗み聞きが難しいつくりになっていてな。上野で一番内緒話のしやす

い店だ。町奉行になる前からよく使っておる」

「そうでしたか」

駿河守のような上級武士も密談に使う店であったとは。

（ということは財前のやつ、ずいぶん気の利いた店の常連であったのだな）

階段を上がる途中、ふと足元に目を向けたところ、薄く積もった埃にまださっきの自分の足跡がついていた。

もしかすると、これも誰かが盗み聞きしたときにすぐわかるための工夫であったのかもしれぬ。

座敷に座ると、またすぐに料理と酒が運ばれてくる。

「見よ、こんにゃくの煮物の鉢を。烏賊《いか》の足が一本ちょろりと入っておるであろう？　儂《わし》のような上客にはこれがつくのだ」

「左様でございますか」

たしかに財前と来たときは入っていなかった。

とはいえ別段ありがたがるには及ぶまい。今は烏賊の旬ではないし、そもそも足一本だけ入っているからなんだというのだ。

（お奉行、お気遣いのつもりであろうか？　こうして冗談を口にすることで、私の緊張をほぐそうとしておられるのかもしれぬが……）

しかし、聞きたいのは煮物の話などではない。

小野寺は我慢できず、酌をしながら奉行に訊ねた。

「お奉行は、なぜ上野においでなので？」

「なあに単なる怠けよ。仕事を与力たちに押しつけ、奉行所を抜け出してきたのだ」

いつものえびす顔で屈託なく笑っていた。

けしからん話だ。小野寺でなくとも怒りは抑えられぬであろう。皆が働いているのに自分だけ遊びに出るとは。

だが、気になることはまだ他にもある。

「……先ほどの老女、あれは何者であるのです？」

物陰から小野寺たちを見つめていた、あの老婆の正体は果たして——。

「いいや、名も知らぬ。なにゆえ儂が知っていると思う？」

「『なにゆえ』もなにも、頭を下げておられたではありませぬか！」

しかも土下座で。

まさか、見知らぬ相手に対してあのようなことをするとは。

「頭を下げるからには、理由くらいはお在りでございましょう？」

「うむ、あるとも。歩いていたらあのご老人に肩がぶつかった。なので謝ったのだ」

「そのような理由で土下座をする武士はおりませぬ！」

むしろ老婆の方がひれ伏して許しを請う場面ではないか。状況次第では無礼討ちにされても文句は言えぬ。

（いや、そもそも肩がぶつかっていたようには見えなかったが……）

奉行は同心の顔を見ながら玉こんにゃくを頬張り、酒で流し込んだのち、

「ははは」

と、笑って言った。

「そうとも、本当は違う。たまたま、お前たちを覗き見る怪しい老婆を見かけてな。それで気になり――ひとつ、かましてやったのよ」

「かまして？」

つまりは『土下座をかました』ということか？

同心となっておよそ十年、いや生まれてから二十八年、そのような言い回しは初めて聞いた。おそらくは、この奉行以外は生涯一度も使わぬものであろう。

――ただ、大事なのはそこではない。

（もしかするとお奉行も、私を尾行《つけ》ておられたのか……？　だから老女を見つけられ

たと？）

　気がつかなかった。

　財前と、あの老婆、さらに奉行と、三人もの相手に見張られながら、一切勘づくことができなかったのだ。同心としてなんたる未熟か。

　ひそっ、と声をひそめて隣の辰三に訊いてみた。

「辰三、お前は尾行に気づいていたか？」

「へえ、実は……」

　捕り物の邪魔をするために黙っていたということらしい。

　未熟者は自分だけであった。小野寺はぎりりと歯嚙みする。

　そんな彼の態度がどう愉快であったのか、奉行は再び「はは」と笑った。

「それで小野寺よ、かんのん盗の件であるがな――」

「……っ⁉」

　やはり、その件か。

　奉行が下っ端の同心とわざわざ二人きりで話をしようというのだ。他に用事は考えられまい。

（このお奉行、私に何と申される気だ？　『かんのん盗を追うのをやめろ』と命じるのか？　それとも――）

『追うのをやめてください』と頼むつもりか？　頭を下げて。

いつものように土下座をして。見知らぬ老婆にすらひれ伏す男だ。同心相手にもするだろう。

それもあり得る。

（いや、逆に『かんのん盗を追え』かもしれん。お奉行は大番頭様や南町のお奉行と違い、伊勢守様派ではないのだからな）

世の道理のためとは言わずとも、自分が千代田でのし上がるために、誓紙入りのかんのん像を手に入れたがっているかもしれぬ。

いくつもの想像が頭の中を駆け巡る。だが――、

「小野寺よ」

「はっ」

「かんのん盗、追いたいか？」

「は……？」

実際に発せられたのは、予想外の問いであった。

『追いたいか』とは？　それを訊いてどうする？

自分の意思とは関係なく務めを果たすのが同心というもの。いや武士というものだ。

本人がどうしたいかなど関係あるまい。

（そもそも、この問い。『自分や大番頭に逆らってでも追いたいか？』という意味だとすれば……もしやお奉行、お気づきなのか？）

『かんのん盗の一件に横槍が入っている』と、小野寺が知っているということを。

つまりは土下座を覗き見していたことを。

この奉行、ただの『の』の字ではなく、想定より一枚上手《うわて》であるとでも？

ただ、いずれにせよ小野寺の返事は——。

「……それが、わからなくなってまいりました」

このように、かぼそく自信なげなものであった。

弱気になっているのは、先ほど一杯だけ飲んだ酒のせいかもしれない。

「ほう、わからぬとは？」

「私は、賊を探して捕らえるのが世のため人のためであると思っておりました。ですが次第にそれがわからなくなってしまったのです」

なんのために、誰のために捕り物をするのか。

まして今回のように誰からも望まれていない場合は。

江戸の民のため、賊の手で命を落とした者たちのため、と口で言うのは簡単であろうが……。

　このような悩み、本来なら廻り方同心ならば見習いのうちに済ましておくものであったろう。

　いや、世の中で働く人間ならば誰でも同じであったかもしれない。組織の現実と理念の狭間《はざま》で現場の者が押しつぶされるなどよくあること。武家でも町人でも変わるまい。そのくらいはわかっている。あまりにも青臭い苦悩だ。

　牧野駿河守の顔から、いつもの笑みが消えていた。

　そして小野寺が初めて見る、きりりと真剣な顔つきにて、

「ふむ……」

　と息を吐《つ》き、短く告げる。

「今は悩むがいい。——その後は好きにせよ」

　またも理解に苦しむ言葉であった。

　まさか、好きにせよとは。

「は？　好きに、でございますか？」

「うむ」

　いかなる意味か？

言葉通りなら『かんのん盗を追うも追わぬも小野寺に任せる』ということであるが、一介の同心がそれを選んでよいとでも？

ただただ戸惑う小野寺を前に、奉行は座布団から立ち上がる。

「さて、儂は奉行所へと戻る。与力たちがうるさいのでな。――勘定は儂につけておくから、お主たちはもうしばらく飲んでおれ」


小野寺と辰三は言葉に甘え、店で飲み続けることにした。

そろそろ日も落ちている。今日の捕り物を終わりにしても文句は出まい。

「お奉行様、ご立派なお方でございやしたな……。いや、そうでもねえんですかね？」

「私もわからん」

奉行と直接言葉を交わしたのは初めてであったが、感想は辰三と同じであった。

立派な人物であるのか、あるいは、そうでもないのか。

たしかに、理解のある大人物のように振舞ってはいたが……。

「いや待て、おかしいぞ！」

徳利を二本空けてから、違和感の正体に気がついた。

「『今は悩むがいい。その後は好きにせよ』だと⁉　そんなの、なにも言っていないのと同じではないか！」

そもそも全ては牧野駿河守のせいなのだ。

あの新任奉行が申し入れをきっぱり撥《は》ね除《の》けていれば、このように悩む必要などなかったはず。

「しまった、大物ぶられたか！」

油断した。あきれたものだ。あの奉行、自分で理由を作っておきながら、安居酒屋の勘定程度でひとかどの人物のような顔をするとは。

そして騙《だま》された自分自身も情けない。

「もういい、今夜は飲む！　なにもかもが莫迦げてきた！」

今酒を飲めば与力の梶谷が定めた『明日まで』という期限には間に合わなくなる。

だが構うものか。どうせ、もとから無理であったのだ。

「へえ旦那、それがよろしいでやしょう。さ、どんどん飲んでくだせえ」

もしかすると奉行も、小野寺に酒を飲ませてさっさと今日の捕り物をやめさせようという算段であったのかもしれない。

少なくとも酌をしている辰三はそのつもりに違いなかった。

五

小野寺が同心屋敷へ帰ってきたのは、それからずいぶん経《た》ったあと。

自棄《やけ》でしこたま飲んでしまった。辰三に肩を借りねばまっすぐに歩けない。

（……我ながら悪い酒だ）

酔いのためか、なにもかもが腹立たしい。

奉行に財前、辰三、与力の梶谷、番屋の者たち。

瓦版屋や町の者たちもだ。

（私なりに、真面目にまっすぐ御役目を果たしてきたつもりであったが……）

しかし今日は、生き方を否定された気分であった。

――屋敷裏の通用口を開けようとすると、中からしんばり棒がかってある。

「戸が閉まっているぞ！　家の主がまだ帰らぬのに、なぜ戸締りをしているか！」

酔いに任せて玄関を叩くと、妹の八重が鬼の形相《ぎようそう》で戸を開けた。

「……兄上、月番中なのにお酒でございますか？」

「か……かまわぬだろう⁉　飲みたいときもある！」

　さすがは〝こじゅうと八重〟だ。この妹は怒ると怖い。

　横にいる辰三は自分が酌をして飲ませたくせに、なんの助け舟も出さずに黙っている。これもまた腹立たしかった。

「遅く帰ってきたくらいで、そこまで怒ることもあるまい……」

「いいえ兄上、たしかに月番中にお酒を飲むなどけしからんことですし、せっかく作った夕餉が冷えてしまったのも魚屋や八百屋、百姓の皆さまに申し訳ないことです。

――しかし、わたくしが怒っているのはそのことではございません」

「では、なんだ？」

「お客人を待たせたことです」

　妹に連れられ屋敷に入ると、中ではひとりの老婆が行灯《あんどん》に照らされながら座っていた。

「あっ、あのときの！」

　上野で見かけた、奉行に土下座をかまされていたあの女であった。

（……八重め、どうして見知らぬ年寄りを中に入れた？）

　いや、その答えはわかる。

　目だ。瞳だ。まるで野獣か古《いにしえ》の剣豪。皺だらけの顔に並んだその両眼《りょうまなこ》が、薄暗い座敷で爛々《らんらん》と光っていたのだ。この女、ただものではない。

こんな目で『入れてくれ』と頼まれては、気合い負けして断れぬ。

「何者か?」

小野寺が訊ねると老女は、

「夜目鴉《よめがらす》の菊《きく》、と申します」

と名乗った。

「夜目鴉……? それは、名の知れた盗賊の名だぞ?」

「ご存じいただき光栄の至りにございます」

夜目鴉といえば、かつて関八州《かんはっしゅう》を股にかけ、わずかな手下のみを率いて二百件以上の盗みを働いた大盗賊。

盗《と》られた金子《きんす》は総計で一万両とも二万両とも言われているが、殺《あや》めた者はひとりもいないという。いわゆる『本格の大親分』であった。

(もう何年も、その名を聞いていなかったが……)

まさか女。それも、こんな年寄りであったとは。

先ほどまでの酔いが瞬く間にさめていく。

「それで、夜目鴉が何用か?」

「はい。先日のかんのん盗、我ら夜目鴉一味の手によるものでございます」

追い求めていた真実を、あまりにさらりと口にした。

この老女の一味が津路屋に押し込み、店の者たちをひとりを除いて皆殺しにしたというのだ。

「貴様たちのしわざだと⁉」

「いかにも……。恥ずかしながら新参の乾分《こぶん》に一味を乗っ取られ、以来、夜目鴉は殺しまくりの畜生働き専門の一党。私も下働き同然の身に落とされております」

騏驎《きりん》も老いては駑馬《どば》にも劣る。

聞けば三年ほど前のこと。腕に覚えのある浪人者を一味に加えたのが運の尽き。その男は剣術仲間を連れてきて、強引に二代目の夜目鴉となったのだとか。

「無論、何度も諫《いさ》めようとはいたしました。しかし我ら一味は、あの外道《げどう》ども以外には引き込み女や錠前破りの年寄りくらい。怖ろしくて逆らえず、畜生働きを手伝わされ続け……。無論、だからといって罪が軽くなるとは思ってはおりませぬが」

「……であろうな」

さすがにこれまでがこれまでだ。罪科《つみとが》の全てを浪人どもに負わせるのは無理というもの。

るだろう。今回密告したことで多少は罪が軽くなるかもしれないが、菊も刑を抱くことにはな

しかし、この老女はそれを理解した上で、同心屋敷を訪れたという——。

「お願いでございます。夜目鴉の一味を……特にあの人殺しの外道どもをお縄にしてくださいませ」

「うむ。だが菊よ、なぜ今になって？　一味が兇賊となってから、もう何年も経つのだろう？」

「はい……。これまでずっと迷ってまいりました。我が身も無事では済みませぬし、いくら畜生といえど一味の者を奉行所に売るのは辛《つろ》うございます。ですが——」

菊は懐《ふところ》から、一枚の紙を取り出す。

それは、朝売りの瓦版であった。

「この絵のお吉は、私と仲良くしてくれた引き込み女。——瓦版によれば小野寺様は、裸で晒し者になっていたお吉に筵をかけてくださったとか」

「……うむ、いかにも」

「そのようにお優しいお方にならば、お縄をかけられても本望でございます」

「なんと！」

夜というのに、小野寺の目の前はぱあっと明るく開けた気がした。

（なんという皮肉か。私を認めてくれるのは、奉行所や番屋の者たちでもなければ、守るべき町人たちでもなく、この盗人の女親分であったとは）

だが、それでも嬉《うれ》しい。救われた。

〝しゅうとめ〟と揶揄《やゆ》されてきた小野寺のひたむきな心は、誰かのもとへと届いていたのだ。

老婆の干からびた唇は、

「それに――」

と、さらになにかを言いかけたが「いや、よしましょう」と途中で言葉を引っ込める。

「……？　今、なにを言おうとした？」

「いえ、それより一味の居場所をお教えします。――お急ぎください。やつら、今夜のうちにまた別の店へと押し込む気でございます」

「今夜だと⁉」

「夜八つ、丑《うし》の刻と聞いております」

たしか今は九つ半。あと半刻《はんとき》しかないではないか。

妹の八重の言う通りだ。酒など飲んで帰るのではなかった。

酔い覚ましに台所へ行き、瓶《かめ》の水を桶ですくって頭からばしゃりと浴びる。着物ごと水びたしだが、胸の内が燃えていた。この熱ですぐに乾くはずだ。

「八重よ、今すぐ別の同心の屋敷へ行って応援を頼め。そこから奉行所と与力の梶谷様にも報せを出させよ。——私と辰三は今すぐ向かう」

六

小野寺たちが向かったのは再び上野。

賊どもは大胆にも、またも上野の観世坂近くで押し込みを働く気であるという。

丑の刻まで、残りほんの四半刻《しはんとき》。——空を見上げれば、細く頼りない月がぼんやりと闇を照らしていた。

(……他の同心衆、早く来てくれればいいが)

町奉行所の同心は皆、八丁堀に住んでいる。

八重が隣近所を一、二軒も回れば、そのまま廻り方全員に話が伝わり、やがては駆けつけてくれるはずだ。

それまでは自分と辰三、そして道案内の菊の三人だけで現場に待機することになる。さすがに心細くはあった。

「――あの店でございます」

夜目鴉の菊に連れてこられたのは、眼病軟膏《なんこう》で有名な薬屋の伊勢《いせ》屋だ。儲かっているとの評判だが、かんざしの津路屋と同様、やはり小ぶりの店構えで、中にいるのは奉公人を合わせて十名足らず。

不逞《ふてい》剣客三名ほどで襲うには手ごろな獲物であったろう。

「店に知らせて中の者たちを逃がすのだ。その後、我らは応援の同心衆と合流し、身を潜めて賊を待つ」

「そんな刻《とき》ありやすかね？　それに……」

――辰三はただでさえ不細工な猪面をうんと苦虫顔にさせていた。

「……あっしは、やはり承知できやせんな」

「どうした、今さら」

「賊を捕らえりゃお偉方と揉めて、旦那は責を負わされやす」

「だから梶谷様にも報せてある。私ひとりの責任にはなるまい」

「いいや、それでも他人のせいにするのがお役人というものですぜ。なかなか応援が来ねえのも、他の同心サマがたは面倒に巻き込まれたくねえからに違えねえ。みんなわかっておられるんでさ」

かもしれぬ。まして皆から嫌われているしゅうとめ同心などのために、そのような厄介ごとは御免であろう。

小野寺にとっても本当はこのまま賊のことなど忘れ、同心屋敷に引き返すのが最も賢い判断のはず――。

「だが賊どもは今にも伊勢屋に押し込もうというのだぞ。放っておけば、また罪なき者が死ぬ」

「しかしでやすな――」

「私が腹を切っても失《な》くなる命は、自分の分のひとつだけ。だが賊を見逃せば今夜だけで十近く。別の夜にもさらに死ぬ。ならば私のひとつで済ませよう」

「旦那……‼」

採算が合うなら死ぬ価値はある。とうに覚悟はできている。父の跡を継いで同心になった日から、世のため人のために命を使うと決めていた。

――と、そのとき夜目鴉の菊が、夜闇の奥を指で差す。

「小野寺様、外道どもが参ったようでございます」

しまった。思ったよりも早く来た。

まだ店へ賊のことを知らせていない。

闇に向かって目をこらせば、提灯《ちょうちん》も点《つ》けずにこちらへ向かって来る者たちが七、八名。

先頭を歩くのは浪人風の三人だ。いずれも武芸を修めた者特有の歩き方をしている。

例の兇賊どもに間違いあるまい。

ならば後ろからついてくるのが、もとからの夜目鴉一党であったのだろう。

「どうなさいます、小野寺様？　まだ応援の同心様がたがお見えになっておりませんが……」

このままでは自分たちだけで賊ども全員を相手にすることになる。

それも菊によれば浪人三人は剣の使い手で、全員が念流《ねんりゅう》の目録以上。

しかし、それでも放っておくわけにはいくまい。このままでは薬屋の者たちが皆殺しの目に遭うだけだ。

そのうちに浪人どもも小野寺たちに気がついた。

「菊の婆あ？　なぜここにいる！　連れてるやつらは何者だ⁉」

三人はそろって剣を抜く。

凶行慣れしているだけあって躊躇《ちゅうちょ》がない。夜闇の中で白刃がぎらりときらめいた。

距離は五間。

遠いが、ひとかどの剣術使いならこの程度は一気に詰められよう。

小野寺の脇で、菊がしわがれた声を出す。

「数だけならば三対三……。この老いぼれの命、ここで使いきりましょう」

浪人以外の一味の者には戦意はない。

死を賭せばせめて相打ちにはできるやも。老女の声には、そんな悲壮な決意が籠っていた。

――しかし、それは無用な気遣いだ。

「……辰三よ、菊を連れて下がっていろ」

「へい」

辰三は、菊の皺だらけの手を摑んで後ろへ下がる。

これでよし。

侍というのは戦《いくさ》用に品種改良された人間である。

それは貧しい生まれの浪人であろうと役人と化した算盤《そろばん》武士であろうと変わらない。

恵まれた体軀《たいく》を持って生まれ、大小二刀と共に育つ。

いわば農耕馬に対する軍馬。巨軀《きょく》の辰三も、修羅場慣れした菊も、今は足手まといとなるだけだ。

小野寺は横目でふたりが離れたのを確かめたのち、

――すらり
と抜いた。

剣を。

十手も。

右手《めて》で剣を。左手《ゆんで》で十手を。片十手の二刀流。

背後から、菊の叫ぶ声が聞こえた。

「いけません、小野寺様！　その外道どもは強うございます！」

「いいや、構わぬ。慣れている」

この片十手二刀は、同心小野寺重吾が複数の敵を相手にすべく編み出した技法である。

十手というものは、一説によれば戦国の世においては、左手に持って敵の太刀を受け止めるためのものであったという。——左手の十手で刃《やいば》を封じ、右手の刀で相手を斬る。そんな二刀流を前提とした防御用の武具だったというのだ。

ことの真偽は不明だが、少なくとも小野寺重吾にはそれができた。

——否、できるように鍛錬を重ねた。

嫌われ者の〝しゅうとめ重吾〟は『仲間に見捨てられたときのための剣術』を身につける必要があったのだ。

「——ヤアッ！」

浪人の一人が、気合いと共に縦一閃《いっせん》。

長年、無抵抗の者だけを斬り続けてきた畜生剣だ。踏み込みが深すぎなので一目でわかる。反撃する者相手に、こんな不用心な足の位置はあり得ない。

剣筋も易々《やすやす》読めた。振り下ろされた白刃を十手で受けると、思った以上に打撃は軽い。なのに手首より先には無駄な力が籠っている。

修練を怠った者は、皆こうなる。十手の鉤《かぎ》の部分で刃をひねると、浪人は「ぎゃッ」と汚らしい悲鳴を上げた。手首が捻《ねじ》られ、脱臼《ぬけ》たのだ。

まずは一人。──仲間の悲鳴が号令となったのか、別の一人が打ち込んできた。

横一文字、薙《な》ぎの剣。

ただし、遅い。

剣速ではなく、斬りかかる『機』が。

この賊、本当は仲間と同時に襲いかかってくるべきであった。そうしなかったのは同士討ちを怖れてのことであろう。自分より弱い者ばかりを相手にしているから、つまらぬことを気にかけるのだ。

強敵ならば、仲間ごと斬る覚悟が要る。仲間に斬られる覚悟も要る。そうでなくば死ぬだけだった。

小野寺の右手の刀が、二人目の浪人剣士の肩を打つ。──力いっぱいの峰打ちだ。重鉄《じゅうてつ》による一撃に、鎖骨はふたつに叩き折られた。痛みで胃の中身を吐き戻す。もう動けまい。

その間、左の十手の先端は、ずっと最後の三人目へと向けられていた。

これは牽制《けんせい》。──十手という半端な長さの武器を前にすると、剣術使いはほんの一瞬だが、長太刀を相手取るとき以上に踏み込むのを躊躇する。こうして三人目を十手で制していた隙に、二人目の浪人を倒したのだ。

これで、残りはあと一人。

「——いかん！」

最後の一人の浪人は、勝てぬと悟るや、のたうつ仲間を見捨てて逃げ出した。背を見せながら一目散にだ。これはこれで見事である。三人のうち、もっとも優れた剣士はこの男であったろう。——冷酷さ、判断の速さ、敵の強さを見極める眼。いずれも実戦では必要不可欠なるものだ。

だが、逃がさぬ。

次の瞬間、「うぐッ」という呻《うめ》きと共に、男は夜闇の中で倒れた。昏倒《こんとう》したのだ。小野寺の投擲《とうてき》せしめた十手が、逃げる後頭部へと命中して。

十手は見た目よりもずっと重い。太刀をも受け止めるむくの鉄棒だ。頭へ喰らえば当然、このようになる。

（……これにて終わり、か）

三人すべてを片付けた。

小野寺は思う。この浪人どもは、かつてはもっと強かったのであろう。

だが畜生剣を繰り返すうちに技は鈍《にぶ》り、不意打ちや無抵抗な者を斬ることばかりが得意になってしまったに違いない。だからこそ自分は一対三でも勝てた。

侍は、正しき者の方が強い。

少なくとも悪《あ》しき者は弱くなる。

　廻り方同心をしていると、それを事実として確認できる瞬間がまれにあった。堅物で人の世の正義を信じるこの男にとって、たまらなく満ち足りるひとときだ。

——一方、浪人三名以外の夜目鴉一味の者たちは、闇にまぎれて逃げ去ろうとしていたが……、

「——お前たち、逃げるんじゃないよ！」

菊のしわがれた叫びで、一味どもは足を止めた。

「私らはさんざん悪さをして、人まで大勢殺めたんだ。いいかげん悪あがきはやめようじゃないか」

もと頭領に説得されて、一同は自ら進んでお縄となる。

やはり本格の盗賊一味だけあって、皆、畜生ばたらきに疲れ果てていたのだろう。

本当は心の奥で、お縄になることを望んでいたに違いない。

こうして関八州を荒らしまわった大盗賊の夜目鴉一味は、一人残らず小野寺と辰三

の手で縄を打たれる。

応援の同心衆が駆けつけたのは、その直後のことだった。

ただ、それが単に到着まで時間がかかったというだけであるのか、あるいは厄介ごとを避けてわざと遅れたのか、はたまた嫌われ同心への意地悪であるのか。

その答えを小野寺は確かめる気はなかった。知りたくもないし、どうせ本気で答えてくれるとは思えぬ。嘘を見抜くのは彼の苦手とすることのひとつである。

ともあれ本来ならば、盗賊を捕らえてこれにて一件落着となるところだが――。

（こたびは、ここからが面倒ごとだ……）

まだ、大番頭の件が残っている。

世の中は、剣や十手ですぱっと割れぬことの方が多い。そのくらいは知っていた。

七

さて翌日のことである。

「――牧野駿河はどこにおるか！」

まだ巳《み》の刻（午前十時）というのに北町奉行所に一挺の駕籠《かご》が乗り込んできた。

家紋が堀田木瓜《ほったもっこう》と知り、出迎え役の与力は青ざめた顔で応対する。

「これはこれは堀田様、いかなるご用でございましょう？」

この与力の名は曽根《そね》といい、大身旗本や大名といった大物客の応対を主な役目としていたが、そのため紋を見ただけで、来たのが厄介な相手と察することができた。

大番頭、堀田民部少輔《みんぶのしょう》忠行《ただゆき》。

歳は六十二、家禄《かろく》は四千二百石。

この男、癇癪持ちで名が知れており、すぐに他人を怒鳴るため、ついたあだ名は〝しかり民部〟。

奇《く》しくも北町奉行の〝どげざ駿河〟とは対となっていた。

後ろには昨日使者に来た用人を供として連れてきていたが、その頭や顔はあちこち殴られたとおぼしき痣《あざ》だらけ。

こうして暴力で心をくじき、自分が決して逆らえぬ相手であると刻み込む。——そうやって他人を支配するのが、この男の処世の手管であった。

今も挨拶に来た与力に向かって、

「黙れ！　いいから駿河を呼んでまいれ！」

と声を張り上げ、頬を扇子でぴしゃりとひっぱたく。

まさしく暴虐。傍若無人。

自分の家来相手であるならともかく、余所の役所でこの振舞いとは。

頬に赤痣も痛々しい出迎え役の与力に先導させて、大番頭は座敷へ向かう。

廊下を歩く彼らの姿を、梶谷と小野寺は――、

「見よ小野寺、あの大番頭様の怒りよう!」

「は、そうでございますな……」

と、与力部屋の障子の隙間から眺めていた。

やはり面倒ごとになってしまった。さしもの小野寺も責任を感じる。

「梶谷様、この事態、いかがいたしましょう?」

「いかがもなにも、小野寺、貴様のせいであるぞ!」

「は? 拙者は梶谷様がお命じになられたままに、一日で賊を捕らえたのでございますが」

「私は知らぬ! なにも命じておらんし聞いておらん。お前が勝手にやったことだ。昨日、私は病で休んでいたではないか!」

「なんと……!!」

辰三の言っていた通りだ。この男、小野寺にすべての責を負わせる気であるらしい。

梶谷は「うむむ」と唸《うな》りながら言葉を続ける。

「北町《こちら》のお奉行は、これで御役御免となるであろう……。それはよい。むしろ願った り叶《かな》ったり。——問題は、我ら与力や同心だ。いかにすれば責を負わされずに済むのか考えねば」

「左様ですな」

「どうする？　考えよ！　小野寺、お前も考えるのだ！」

「は……」

考えよ、とはいうが答えはひとつ。

切腹だ。

小野寺が命《めい》に背いた罪をひとりで負って腹を切れば恰好はつく。梶谷をはじめ他の与力や同心に責は及ぶまい。

この担当与力にとっては最も望ましい結果であろう。『の』の字の〝どげざ駿河〟と口うるさい〝しゅうとめ重吾〟が一度にいなくなるのだから。

（……仕方あるまい、腹を切ろう）

武士なのだ。仕方あるまい。

人命を救った上でのことだ。悔いはない。

いっそ梶谷への当てつけに今この場で腹を切ってやろうか。それとも一旦屋敷に戻り、妹に別れを告げてから切るべきか。

そのようなことを考えていると……、

「――小野寺重吾よ、早まったことをしてはならぬぞ」

がらり、と障子を開けて与力の部屋に入ってきたのは、寝ぼけえびすの牧野駿河守であった。

その手には、なにやら細長い風呂敷包みが抱えられていた。

「お奉行、どうしてこちらに⁉」

「お主が早まったことをせぬか気になった。――はは、それと大番頭殿が怒っているので恐《こわ》くてな。少し待たせて、間を外してから会おうと思う」

「怒っている相手をさらに待たせるというのですか？」

「うむ、そういうことだ」

奉行は、悪戯《いたずら》っぽく「くふふ」と子供のような笑みを浮かべる。

「小野寺よ、ここは儂に任せておけ。御役目などというつまらぬことで腹を切ってはならぬぞ」

「ですが、お任せするといっても、どうやって――」

「なあに、なんとかする」

それだけ言うと、奉行は小野寺の手元にあった飲みかけの茶を勝手に取り、ぐいっ、と一息に飲み干した。

単に喉が渇いていたからか？　それとも、たとえば『お前の後始末は引き受けた』という裏の意味でもあったというのか？

（しかし、なんとかすると申されたが……。なんとかとは、おそらくあれのことであろうな）

相手の大番頭はたいへん厳しい人物と聞く。

果たして、その手は通用するのか？　小野寺は不安に包まれた。

「そうだ。お主もいっしょに来るがよい。こいつを持って立っているのだ」

「これを、でございますか？」


大番頭の堀田民部少輔は、奥の座敷で牧野駿河を待っていた。

（――さて、どのように叱ってやろうか）

豪勢な料理を前に、舌なめずりをしている気分だ。

この人物は六十を過ぎているというのに未《いま》だ出世の欲は衰えない。彼にとって大番頭の座は腰かけにすぎず、さらなる権力の座への足がかり。

この『かんのん盗』の一件を見事に処することで阿部派のお歴々に認められ、上へと昇るつもりであった。

（そのためにも、この牧野駿河をうんと派手に叩きのめさねば）

〝しかり民部〟ここにありと千代田のお城に知らしめてくれよう。

叱る理由はいくらでもある。かんのん盗の捕り物を続行したこと。使者に嘘をついたこと。そして今、こうして遅れていること。

（先ほどの出迎え役の与力同様、儂の『叱り』で意気をくじき、一生逆らえぬようにしてくれる）

この大番頭、ただの粗暴な癇癪持ちではなく、自らの粗暴さを武器に用いることのできる男。

江戸城という組織に巣くう妖怪たちの一人であった。

「……しかし駿河め、いつまで待たせるのだ！」

腹立たしい。牧野駿河め、自分の奉行所というのに、なにゆえこれほど時間がかかる？

と、まさしくそのとき。

「――お待たせいたした」

すうっ、と静かに襖戸を開けて、北町奉行の牧野駿河守が現れる。

大番頭は思わず「遅い！」と声を張り上げたが、その刹那――、

「申し訳ござらぬ！」

駿河守は、土下座した。

畳の上に、平蜘蛛《ひらぐも》のように伏したのだ。

（土下座!?　しかも、なんたる早土下座！　まるで居合いではないか!?）

鴨居《かもい》をくぐる瞬間には、もう頭は低くなっていた。襖のさんを跨《また》いで座敷の畳に足をついた瞬間、すでにひれ伏していたように思う。

いや、もしかすると手や膝の方が、足よりも先に畳へついていたかもしれぬ。

この駿河の姿を見た大番頭は――、

（しまった、やられた！）

心の中で叫びを上げた。

『しまった、土下座をやられた』と。

千代田で複雑な政治の世界を渡り歩いた大番頭堀田民部少輔であればこそ、牧野駿河守の行動の意味を、真意を、この場の誰よりも深く細かに理解していた。

この土下座は、攻撃であり防御。

攻防一体の一撃であったのだ。

(まさか、いきなり土下座とは……。これ以上は責められぬ!)

言うまでもなく土下座は最大絶対の謝罪の作法。

これより上の謝り方は、武士には切腹しかあり得ない。

だが町奉行につくほどの上級武士を切腹に追いやれば、自身とてただでは済まぬ。

敵対する水野派が、ここぞとばかりに責め立ててこよう。

(駿河め、よくも……!!)

よくも土下座などしてくれたな。

大番頭も、この男が陰で〝どげざ駿河〟と呼ばれていることくらいは知っていた。

しかし、まさかこれほどの早さで——否、速さで、いともたやすく土下座するとは。

いわば抜き打ちの〝居合い土下座〟。

——もしこの大番頭が普段から理性ある振舞いをしている男であったなら、事態は違っていたかもしれない。

今も後ろに座る用人の片桐は、主の癇癪が恐くて昨日一昨日と北町奉行所で起こったことを、ほとんど報告していなかった。

主従の間にそれなりの信頼が築けていたならば、大番頭はこの牧野駿河守の早土下座について聞けており、なんらかの手も打てたであろうに。

つまり彼は、自らの性根《しようね》に裏切られた。

伏せられていたのは牧野駿河の頭ではなく、身内の心であったのだ。

（これはいかん……。しかも、こやつ儂の『遅い』という声に合わせて『申し訳ござらぬ』と謝りおった！）

『かんのん盗の件、どうなっておる』と問うてからの土下座であれば『罪を認めた以上は責を負ってもらう』と話を進めることもできたであろう。

だが、今のままでは遅刻に対する謝罪であると言い逃れを許してしまうではないか。

ただ謝られているだけというのに、大番頭は次第に追い詰められていく……。

しばしの間、双方無言。

北町奉行所の客座敷は、しん、と鼓膜が痛くなるほどの沈黙に包まれる。

――その後、たっぷり百は数えたころ。ついに平蜘蛛の駿河が声を発した。

「民部少輔殿、お詫び代わりに――」

顔を伏せたまま、くいっ、と首の向きだけで何かをさし示す。

後方だ。

開け放たれたままの襖の外には、同心が一人立っていた。

その両手に抱えられていたのは、なんと――、

（あれは……例のくまの入り観音か！）

高さ一尺強の陶製観音。

実物は初めて見たが、瓦版の記述と一致する。

あの観音を手に入れることも今日来た目的のひとつであった。それが今、目の前に。

「駿河よ、あれをくれるというのか？」

「いかにも」

（……なるほど、これで手打ちにしようというわけか）

駿河守はおのれの地位を守り、大番頭は観音を得る。これならば双方一勝一敗の痛み分けとなろう。

大番頭堀田民部少輔は座布団を立ち、同心の手から観音菩薩をひったくると、そのまま帰ることにした。

長居は無用。

これ以上、不愉快な土下座を見たくない。

八

小野寺重吾は、ぽかん、と観音像を抱えたときのままの姿勢で固まっていた。

もうすでに、その両手はなにも持っていないというのに。――驚きのあまり動けない。いや、動くのを忘れていた。

「はは、小野寺よ。どうだ、なんとかしたであろう？」

顔を上げて呵々《かか》と笑う奉行の声で、やっと小野寺は我に返る。

（……やはり、なんとかとは土下座《あれ》であったか）

予想の通りだ。

奉行の額には、くっきり畳の痕《あと》がついており、あまり敬意を払える御面相とは言い難い。しかし、それでも――、

「はっ、お見事でございました！」

世辞抜きで、そう称《たた》えるほかなかった。

まさか土下座ひとつで大番頭を追い返すとは。

奉行の首と小野寺の腹、どちらも切られず無事で済んだ。

「しかしお奉行、あの観音像、よろしかったのでしょうか？　大番頭様、なにやら勘違いをなさっておられたのでは……」

「なに、あれほど喜んでおられたのだ。構うまい。古道具屋を朝から叩き起こした甲斐《か》《い》があったというものよ」

大番頭の手に渡った観音像は、奉行所の近くにある古道具屋で売っていたもの。津路屋から奪われたものとは、大きさ以外は似ても似つかぬ。

とはいえ実物は、津路屋の生き残りのおすゞと、奪った夜目鴉一党、それと北町奉行所の者たち以外は見たことがない。このまましばらくは気づかれまい。

（ただ、それというのもお奉行が大番頭様の心胆を揺さぶっておられたからこそであろう）

『早くこの場を収めて帰りたい』という気持ちによって、ろくに確かめもせずに観世音菩薩を受け取らせたのだ。

つまりは悪名高き大番頭〝しかり民部〟は、〝どげざ駿河〟に負けたのだ。

それも、心をくじかれて。

（お奉行の土下座、あまりに強力……。底知れぬ）

命を救ってくれた大恩ある土下座ではあったが、小野寺は畏敬《いけい》を通り越し、恐怖すら覚えていた。

中庭では、今日も桜吹雪が舞っていた。

幕間の弐

夜目鴉の菊は、北町奉行所の牢内で思う。

やはり密告《つげぐち》をしてよかったと。

(小野寺様のような、まっすぐなお方の手柄になるなら悔いはない。それに——)

それに、あの土下座。

上野の町で、見知らぬ浪人者にされた謎の土下座だ。

あのとき菊は、小野寺に声をかけるかどうか迷っていた。そんなとき深編み笠の男に頭を下げられ、

『——どうか、善き道を』

と、ただ小さく一言、告げられたのだ。

いや、告げるというより願われた。

それは〝祈り〟の土下座。声も姿勢も美しく、まるで菩薩に跪《ひざまず》く高僧のよう。

男がなぜそのようなことを言ったのかはわからぬが、菊はもうしばらく迷ったのち、小野寺の同心屋敷を訪ねると決めた。

あのように乞われては『善き道』を選ばざるを得ぬ。

（いわば、〝菩薩土下座〟といったところかねえ……）

盗人の老婆に菩薩の道を歩ませる、あまりにも尊き土下座だ。

しおれた桜の花びらが、風で一枚、牢に舞い込む。

菊はあの土下座を思い出し、知らず知らずのうちに手を合わせていた。

参「竹五郎河童（前編）」

一

見廻り中にふと見上げれば、桜の木々はすっかり青葉ばかりとなっていた。

早いものだ。〝かんのん盗〟の一件からもう十日ばかり。

あの花吹雪の中での土下座が夢のよう。

「しかし旦那、腹を切らずに済み、よかったでやすな」

「またそれか。もうずいぶんと前のことだ。何度も同じ話をするな」

小野寺重吾は辟易《へきえき》とする。

今さらその話をするのは、この醜男の小者、辰三くらいであろう。

（……まあ、言いたいことはわかるがな）

行間に、別の意味が隠れている。

この仏頂面のつるつる猪めは、

『もっとお奉行に感謝せよ』

と小野寺に念を押していたのだ。

（命を救われたのだから、無論、感謝していないわけではないが……）

かんのん盗――つまり津路屋の押し込みの件は、すでに片が付いていた。

夜目鴉一味は、浪人三名は打ち首獄門。他の者たちは遠島となった。

不逞剣士ども以外への刑は軽すぎにも思えるが、もと頭領である菊の本件への貢献を踏まえ、奉行が取り計らったものである。

津路屋の生き残りである幼いおすゞは辰三に懐いていたため、この猪男がそのまま面倒を見ることとなった。

奉行は『感心である』と褒美の金子《きんす》を彼に与えた。いくらであったか聞いてはいないが、結構な額面であったという。

いずれも名裁《めいさば》きと言えるであろう。

慣例と食い違う点も多かったため文句を言う与力衆もいたと聞くが、辰三などは興奮で豚っ鼻をフゴーフゴーと鳴らしながら、

『あのお方、講釈の大岡越前守《おおおかえちぜんのかみ》サマにも並ぶ名奉行かもしれやせんぜ』

と、やかましい。

褒美を貰《もら》ったとはいえ、いくらなんでも褒めすぎだ。

一方、小野寺の奉行に対する評価は、以前と変わらぬままであった。

(辰三め、勝手なことを言う。あんな〝どげざ奉行〟が、名奉行のはずがあるまい)

とはいえ、ただ者でないのは、さすがの彼も認めざるを得なかったが——。

「旦那、そろそろ見廻りは終わりにして帰りやしょうか」

「……うむ、まあ、いいだろう」

まだ七つ(午後四時)を少し回ったところ。空も明るい。

このところ辰三は早めに見廻りを終わらせたがる。

幼いおすゞを待たせたくないからだ。

困ったものとは思うが仕方あるまい。あれほど可愛《かわい》らしい娘ができた以上は浮かれるなという方が無理というものであろう。

それに小野寺にとっては、この猪顔の小者は長いつき合いで家族も同然。ならばおすゞも親戚の子のようなもの。反対などできるはずもなかった。

「ただし、奉行所に一旦戻って本日の報告をしてからだぞ」

「へえ、もちろんでやす」

といっても、今日は『とくに無し』と報せるのみ。さしたる時間はかかるまい。

ふたりはまだ青い空の下を歩き続け、辻《つじ》をあと一本曲がれば奉行所というあたりにて――、

「――小野寺よ、お主、よいところに戻ってきたな」

見覚えのある深編み笠の浪人者に呼び止められる。

北町奉行、牧野駿河守。

その変装した姿であった。

「お奉行⁉ またそのようなお姿で……。本日もおしのびでございますか？」

「はは、いかんいかん。拙《まず》いところを見られたか。いかにも役目を抜け出し、品川のあたりをぶらぶらしてきたところよ。――だが、お小言は後回しだ。訊きたいことがある」

「と申しますと？」

「奉行所の門のところ、あれは何か？」

辻の角から顔を出して覗いてみれば、門の前では、

「どうか！　どうか奉行所の皆さま、下手人をお探しくださいまし……!!」

と町人の中年女が泣き喚《わめ》いていたのだ。

年のころは四十頭。色黒でころころと太っており、お世辞にも別嬪《べっぴん》とはいえぬご面相の持ち主ではあったが、太っているからこそ肌は柔らかで餅のよう。口の悪い者なら陰で〝あんころ餅〟とでも呼ぶだろう。

そんな餅女が奉行所の前で、門番たちにすがりつくように泣き喚いていた。

その涙顔はうんと同情心を誘うものではあったものの、門番たちには何もしてやれることはない。ただただ困った顔をするばかり。

小野寺は、あの女のことを知っていた。

「あれは下谷《したや》の植木屋、竹五郎《たけごろう》の女房たづでございます」

「植木屋？　ああ、河童《かっぱ》のか」

ふた月ほど前、まだ先代奉行のころである。

北町が月番だったある朝のこと、浅草のお堀にて植木屋の溺死体《できしたい》が見つかった。

奉行所は『酒に酔って水に落ちたのだろう』と判断し、そのまま一件落着としたが、女房のおたづは、

『うちの人は酒を飲みません。誰かに殺されたのでございます』

と納得せず、以来、四、五日に一度はこうして奉行所の前で騒ぎ立てていたのだ。

ちなみに植木屋竹五郎のむくろは損傷が激しく、一件を受け持つ同心が『むごすぎて女房子供には見せられぬ』と気を利かせ、さっさと寺で焼いてしまったのだが、これも後になってみれば失敗だった。

たづは『お堀に落ちただけで、そんなに傷だらけになるのはおかしい』『むくろを見せられぬということは、なにか隠しているのでは』と疑うようになり、おまけに相手をするのに疲れた担当同心が、

『さあな、河童にでも襲われたのだろう。だから傷だらけであったのだ』

などと適当な受け答えをしたため、火に油をそそいでしまった。

おかげで、たづは未だにこうして奉行所詣《もう》でを続けている。――餅女房を見やる奉行の口は珍しく笑っておらず、神妙なへの字となっていた。

「そうか、話には聞いておったが……。憐れなものであるな」

たしかに憐れ。たづには幼い子供が二人いる。稼ぎ頭の亭主を亡《な》くして苦労してい

たに違いない。

（しかしお奉行、竹五郎とおたづの件をご存じであったのか。まだご自分が町奉行になられる前のことというのに）

意外なことだ。この奉行、評判よりは御役目熱心であるのかもしれない。

「お奉行、どうなされますか？　あのたづが来ているときは皆、裏門から出入りすることにしておりますが」

他の者たちと同じく、顔を合わせぬようひそかに中へ入るのか？

あるいは……。

（するのか？　いつものあれを）

すなわち土下座を。

（もしお奉行に頭を下げられれば、あの女も少しは心安らぎ、奉行所に来なくなるかもしれぬ）

無論、奉行が謝る道理などない。

先代奉行のころの話であるし、そもそも溺死の一件を正しく処理したというだけのこと。担当同心の受け答え以外、奉行所に瑕疵《かし》はない。

だが、道理が無くとも平気で土下座するのがこの牧野駿河守ではないか。

「いかがいたしますか？」

小野寺の問いに奉行は——、

「——いや、裏から参ろう」

これまた意外。まさか頭を下げぬとは。

かんのん盗の一件では、通りすがりの老婆にまで土下座したというのに。

誰かれ構わずの『乱れ土下座』牧野駿河が、この憐れな町人女にだけはひれ伏したくないというのか？

（いったい、なにゆえ……？）

ともあれふたりは、たづに気づかれぬよう裏門から入った。

「小野寺よ、見廻りで喉が渇いたであろう？　儂の部屋で茶でも飲んでいけ」

二

なぜ茶に誘われたのか、小野寺は知っていた。

奉行が一人で部屋に戻ると、与力衆におしのびで奉行所を抜け出したことを咎められるからだ。

同心が一緒にいれば『下の者がいる前で恥をかかせるのも悪かろう』と堪忍《かんにん》してもらえる。――駿河守はこの調子でよく同心や中間を茶に誘っているらしい。

周囲も慣れたもので、奉行の部屋に入るや、すぐさま小間使いの女中が煎茶を二杯淹《い》れてきた。

「飲め。菓子もあるぞ」

「は、ありがたく……。ときに伺いたきことが」

「どうした？」

「なぜ、竹五郎の女房たづに『ど』の字をなさらなかったのです？」

思い切って訊いてみると、奉行は湯呑《ゆの》み茶碗《ぢゃわん》を手に苦笑いを浮かべていた。

「ふふ。土下座を『ど』の字とは、ずいぶんと持って回った言い方をするのだな？陰でそのように呼んでおったか。――あの植木屋の女房殿に『ど』の字をしても意味がない。儂が謝ることで『ああ、やはり夫の死は溺死でなかった』と誤った想いを抱かせるだけだ」

たしかにそうだ。そのくらい小野寺もわかっている。

だが、まさか〝どげざ駿河〟にそのような正論を説かれるとは。

それと問題は、その続きの言葉だ。

「それにな、儂も無駄なことはしたくない。どうせ刻が経てば人の心は鎮まるもの。土下座で慰めてやる必要などあるまい」

「なんと……!!」

つまりは土下座せずとも同じであれば、わざわざせぬということか？

（別に、土下座すべきとは思わぬし、もしお奉行が土下座しようとしていたら、きっと私は止めていたであろうが――）

とはいえ、奇妙な失望が小野寺の中に生まれていた。

まさか、せぬとは。

それも『必要がないから土下座せぬ』とは。

（つまり、利なくば頭を下げぬということか……）

言われてみれば、これまでも奉行がしてきた土下座は、常になんらかの利を生み出すものばかりであった。

この人物の『ど』の字は打算が働いた上でのもの。

裏のない純粋無垢の『ど』ではなかったのだ。

「小野寺よ、土下座というものはな、虫でいえば飛蝗《ばった》や蜘蛛に喩《たと》えられる」

「……？　なにをおっしゃっておられるので？」

奉行は急に、妙なことを言い出した。

たしかに『飛蝗《ばった》のようにぺこぺこ』だの『平蜘蛛のように頭を低くし』だのとは言うが――。

「あの女に頭を下げても、それは飛蝗《ばった》の土下座だ。お主は、儂に飛蝗《ばった》になれというのか？」

「い……いえ、そのようなことは……。出過ぎたことを申しました」

言葉の意味はわからぬが、どうやら叱られたということらしい。

小野寺は一礼し、そのまま奉行の部屋を出ることにした。


その後、彼は担当与力に本日の報告をし、再び裏門から奉行所を出る。

外では辰三が待っていた。

「おしめえでやすか？」

「うむ、帰るぞ。茶菓子を食わずに持ってきた。土産《みやげ》にせよ」

懐紙に包んだ落雁《らくがん》二つのうち一つを渡す。

片方は幼いおすゞのもの。もう片方は自分の妹の八重へのものだ。

夕焼けの中、ふたりは八丁堀の同心屋敷へと帰宅した。

「八重よ、戻ったぞ」

「あら兄上、お帰りなさいませ。ちょうどおすゞちゃんと遊んでいたのですよ」

辰三は醜男だけあって独り身である。

そのため御役目を務める日中は、おすゞを小野寺の屋敷に預け、八重に面倒を見てもらっていた。

つるつる猪の方は不細工面で申し訳なさそうにしていたが、八重にとっては妹ができたようなものらしく、特に苦労はしていない様子だ。

「今日はずっとお手玉で遊んでいたのです。私の子供のころのが見つかったので」

「お手玉？　おすゞは背こそ低いがもう十歳だぞ。子供扱いしすぎでは？」

そんな小野寺の言葉を、遠慮気味におすゞが制した。

「ううん、あちしはうんとちっちゃいころから奉公に出てたので、お手玉なんて初めてでした。八重さまのおかげで楽しかったです」

「そうか……。当のおすゞがそう言うなら結構なことだが」

よくできた娘だ。

無口で遠慮がちだが、さすが小さいころから津路屋の下働きをしていただけあって、大人たちの中での振舞い方をよく心得ている。

心なしか喋り方も以前より子供っぽくなっている気がするが、これもわざとに違いあるまい。

（……押し込みの検分のときから感じていたが、この娘、ずいぶんと賢いぞ）

しかも見た目からして、かんざし屋の奉公人だけあって小ぎれいで愛らしく、かといって客の癇に障るほどには見目麗しすぎず、ほどよく素朴。

そんな『一番、大人に好かれる子供』であった。

（その気になれば、もっとよい家で世話になることもできるであろうに。それでも今は、辰三や八重といることを選んだか）

一方で、おすゞの気遣いなど意に介さずといった具合に、八重はころころと機嫌よく笑っていた。

「さ、夕餉にしましょうか。おすゞちゃんが手伝ってくれるので、お料理が早く終わって助かります」

この娘が来てから、小野寺家の食卓は劇的な変化を遂げた。

これまで朝晩の食事は八重と二人きりで食べていたが、最近はおすゞと辰三も同席する。――そのため献立もほんの少々豪勢になった。

さすがに幼い娘に粗食を強いるわけにはいくまい。

それと、このおすゞ、奉公先で仕込まれたおかげで料理が上手い。八重の知らぬ料理をいくつも作ることができた。

本日の主菜は、鰆《さわら》とそら豆の炒《いた》め物。

塩と大蒜《にんにく》、唐辛子で味付けしており、見た目も青鮮《みどり》やかで洒落ている。

死んだ津路屋の者たちは御禁制品で儲けていただけあって、さすが舌が肥えていたらしい。

「いかがです、兄上？」

「ああ、美味《うま》いな」

作ったのはおすゞであるのに、なぜか八重がふふんと得意げに鼻を鳴らした。

――やがて燗徳利を一本空けたあたりから、話題は御役目のこととなる。

「……ということがあったのだ」

「まあ、おたづさんという方、お気の毒に……。前に瓦版で読んだ、河童に食べられた植木屋さんのおかみさんでしょう？」

竹五郎の件、八重も知っていたか。

それどころか横に座るおすゞも「あのかっぱの」と興味深げに聞いていた。どうやら子供でも知っている有名な話であったらしい。

「かっぱの噂が立ってから、江戸中の子供はみんなお堀や川に近づくのを怖がるようになりました」

同心が苦し紛れについた嘘が、それほどまで広まっていたとは。

ただ問題は河童でなく、死んだ竹五郎と残された女房たづの方だ。

「たとえば、お奉行が……謝るなどすれば、おたづは心安らいだろうに」

さすがに『土下座する』とは言わずにおいた。

しかし、そんな兄の言葉に八重は——、

「あら、そんなのに意味はありませんわ。どうせ刻が経てば、人の心は安らぐもの。誰かが謝ることなどないでしょう?」

なんと奉行とほぼ同じことを口にしたのだ。

「八重よ、どういうことだ？　おたづの心など気にせずともよいということか？」

「いいえ。だって、お奉行様は関係ないじゃありませんか。ご亭主を殺した河童の正体がお奉行様というわけでもあるまいし」

「当たり前だ」

「だったら、頭を下げられたところで、いったいどうだというのです？　たとえ土下座をなされても――」

土下座という単語に小野寺が顔をぎょっとさせたため会話は一瞬途切れたが、八重はそのまま言葉を続けた。

「たとえ関係ないお方が土下座をなされても、安らぐ程度は知れたもの。そう言いたかったのです。――それよりも他にできることがあるのでは？　お奉行様や廻り方同心だからこそできることが」

「なるほど……」

奉行もそこまで考えていたかは知らぬが、八重の言葉はその通り。

世間には、謝るだけでは済まないこともある。――当たり前のことというのに、妹の言葉で改めて思い知らされた。

押し込みの生き残りであるおすゞも、こくん、と横で小さく頷《うなず》く。その通りだと言いたいらしい。

「どうやらこの屋敷では、女の方が賢いらしいな」

「あら、兄上が鈍いだけですわ。そもそも喩えがおかしいのです。お奉行様がそんなことで謝るはずがないじゃありませんか。――町奉行たるもの、軽々しく頭を下げず、どんと構えておられてこそ皆も安心できるというものですから」

小野寺は「はは」と乾いた笑いを浮かべ、猪口に残った酒を飲み干した。

三

翌日、小野寺は見廻りを辰三だけに任せ、自分は奉行所内で調べものをすることにした。

例の竹五郎の溺死の件だ。書庫で当時の文書《もんじょ》を漁《あさ》る。

(八重の言う通りであろう。本気で憐れに思うなら、廻り方同心にしかできぬことをしてやるべきなのだ)

たづのことは気の毒と思っていたが、他の同心が受け持った一件であり、なおかつ単なる溺死と聞いていたため、今までは深く興味を持っていなかった。

しかし、改めて調べた上で『やはりただの溺死であったぞ』と告げてやることこそ、同心の身にできることであろう。

心は刻《とき》が救うものだが、真実はその一助になるはずだ。

(……あった、これか)

棚のやたら端っこで、探していた文書は見つかった。先々月に起きた事件についての書きつけをひと通りまとめて束ねたものだ。

だが――、

「……なんだ、これは⁉」

中を開いた小野寺は、思わず書庫内で声を上げた。


竹五郎の一件を受け持っていた廻り方同心は、鈴木信八郎《すずきしんぱちろう》という男である。

歳は三十二で、序列は十位。先月出世するまでは十一位だった。

「すずしん殿、伺いたきことが」

奉行所の廊下で声をかけると、その鈴木信《すずし》八郎《ん》は、

「む？　しゅうとめが何の用だ」

と敵意まるだしで睨んでくる。

小野寺も、本当は声などかけたくはなかった。

彼には嫌われている。もとから小野寺の方が歳下なのに序列は五位とだいぶ上であったため間柄はギスギスとしていたが、決定的なのは先月のこと。

この〝しゅうとめ重吾〟が他の同心たちの前で『鈴木殿の小者は、商家から袖の下

を取りすぎている』と指摘したのだ。

以来、鈴木はろくに口をきいてもくれなくなり、それどころか陰で悪口を言いまくるようになった。

(逆恨みもいいところだ。自分が小者を管理できずにいたくせに)

ただ、多少の反省もしている。皆の前で指摘して面目を失わせたのはよくなかった。もう少しだけ気を遣っていれば、ここまで関係はこじれなかったろうに。

——ともあれ今、声をかけたのは別の用だ。

「また俺の小者がどうとか言いたいのか?」

「いえ、別件にて。先々月に起きた植木屋の溺死についてです」

「植木屋? ああ、河童に殺された竹五郎か」

「すずしん殿、また河童などと……。あの一件についての書きつけなのですが」

書庫から探してきた文書を見せる。

紐で綴《と》じた書きつけの束で、その前後の日に起こった出来事の報告といっしょにまとめられていたのだが——、

「ご覧ください。ほれ、この通り、竹五郎の一件について書かれた部分のみ、破り取られていたのです」

乱暴に千切られ、失われていた。

残っていたのは、わずかな破り残しの切れ端のみ。この切れ端が残っていなければ小野寺も書きつけの消失に気づかなかったであろう。

「この綴じ束だけではありませぬ。他にも竹五郎のことが書かれてないかと調べましたが、やはり破り取られておりました」

「そうか……」

なので、すずしん殿に竹五郎の話をくわしく聞かせてほしい。

――そう頼みにきただけであるのに、鈴木はなぜか憤怒《ふんぬ》の形相を浮かべていた。

「どうなされました、すずしん殿？」

「どうもこうもあるか！　お前、なぜ竹五郎のことを調べてる⁉　俺の調べは信用ならんというのか？　どこまで人を莫迦にする！」

「別に、そういうわけでは……」

「いいや、他の意味には考えられん！　今度ばかりは堪忍ならんぞ！」

鈴木は今にも摑みかからんばかりの勢いで――とはいえ本当に摑みかかれば剣術無双の小野寺に敵《かな》うはずもないので、微妙に距離を取りつつ喚き散らす。

そのうちに騒ぎを聞きつけ、他の同心・与力も集まり始めた。

人が多いと人望の薄い小野寺は不利だ。分が悪い。

四

その後、小野寺は鈴木と共に、担当与力である梶谷の部屋へと呼び出された。

「小野寺よ、そこに座れ」

「は……」

呼ばれたのはふたりだが、叱られるのは自分ひとりであるらしい。

与力の羽織の袖口には、いつぞやと同じ場所にかぎ裂きの穴が開いていた。繕いが雑でほつれたようだ。──ただし無論、今その話をする気はなかった。

「話は聞いたぞ。小野寺、またも鈴木に恥をかかせたそうだな？　しかも廊下で、他の者たちが見ている前だというのに」

「いえ梶谷様、それは──」

「言い訳無用！　お前は普段から『同心とはいえ武士として相応《ふさわ》しい振舞いを』と申しておるではないか。だとすれば他人の顔を潰《つぶ》すことの罪は理解していよう？　世が世であらば殺し合いの決闘となっていたところだぞ」

正論であった。ぐうの音も出ない。

前回と同じだ。意図せずとはいえ、もっと人目につかぬところで訊くべきだった。

ただし納得できぬこともある。

「恥をかかすなど……。私はただ、竹五郎の死について詳しく調べようとしただけでございます」

そして、書きつけが破り取られていると指摘しただけのこと。

鈴木にはともかく、与力から叱られる筋合いなどないはずだ。むしろ『よくぞ気づいた』『御役目熱心である』と褒められて然《しか》るべきであろうに。

「だから、それがいかんと言っているのだ！　他の同心の仕事に首を突っ込んではならん。――小野寺よ、今回はお前ひとりが悪い。今すぐ謝れ！」

「謝る、のでございますか……？」

「そうだ！　鈴木に、そして面倒をかけたこの私にも！　謝れい！」

どうやらこの機を利用し、口うるさい小野寺に頭を下げさせたいらしい。

しかも――、

「どこぞのお奉行のように土下座せよ！　私にひざまずいて詫びるのだ！」

「それは……」

まさか土下座とは。

それこそ『どこぞのお奉行』のせいで最近忘れかけていたが、本来土下座というものは死にも勝る屈辱である。

小野寺は、自分がそこまで悪いことをしたとは思えない。さすがに理不尽というものだった。

——それと梶谷は興奮のあまり余計なことを口にした。

この部屋は、奉行の部屋からそう遠くないというのに。


「——呼んだかな?」


障子を開けて現れたのは、まさしくその『どこぞのお奉行』こと牧野駿河守であったのだ。

梶谷はまさか聞かれているとは思わず、目を白黒とさせていた。

「こ……これはお奉行! 今のは言葉のあやでして!」

「いや、梶谷よ構わぬぞ。お主は優秀な与力だ。それゆえ儂の至らぬところもよく見えよう。厳しい物言いをしたからとて弁明には及ばぬ」

「い、いえ、その……」

「それと小野寺も謝るには及ばん。頭ならば、ほれ——」

奉行は『ほれ』と自然な動作で、ただ普通に歩いたり座ったり息を吸うのと同じように、どうということなく、あれをした。

いつものように土下座《あれ》をしたのだ。

「頭ならば儂が下げる。梶谷、そして鈴木よ、どうかこれで許してくれ」

牧野駿河がすぐに土下座をすることは、奉行所内ではすでに周知の事実であった。

小野寺以外にも、その目で土下座姿を見た者は多い。

とはいえ、こうして自分が頭を下げられるのは梶谷も鈴木も初めてのこと。

ふたりとも、さすがに怯《ひる》んだ。

「お奉行、どうか頭をお上げくださいませ……。お奉行には関係ないことではありませんか」

「いいや梶谷よ、関係ならある。実はな、小野寺に竹五郎の件を調べさせていたのは儂なのだ」

「なんですと⁉」

嘘である。小野寺が勝手にやったことだ。

「だから、これ以上責めないでやってくれ」

小野寺はそのまま奉行の部屋へと連れていかれる。

「座れ。そして茶を飲め」

「は……。お奉行、ありがとうございます——否、申し訳ございませぬ。私のために頭を下げさせてしまいました」

「礼にも謝るにも及ばん。部下のために上役が頭を下げるのは当然のことだ」

「なんと、ありがたきお言葉……」

助けられたのは、これで二度目だ。

さしもの小野寺も、奉行のことを見直しかけたが……、

「それに、なにせ儂は近ごろ〝どげざ奉行〟と呼ばれておる身であるからな。儂以外に奉行所《ここ》では誰ひとり土下座をさせぬぞ」

「左様でございましたか」

これで覚めた。

左様で、と返事はしたものの本当は、

（――この御仁、なにを言っておられるのか？）

と心の中で首をかしげていた。

もしかすると相手を混乱させるために、わざと意味のわからぬことを堂々言い放っているのか？　だとすれば奉行にとって、この頓珍漢《とんちんかん》な物言いは土下座に次ぐ第二の武器であるのかもしれぬ。

ともあれ、小野寺が煙《けむ》に巻かれていると――、

「小野寺よ、先ほどしたのが〝飛蝗《ばった》の土下座〟だ」

奉行は、さらに不可解な話を始めた。

「あれが、ばった、でございますか？」

「そうだ。土下座には〝蜘蛛の土下座〟と〝飛蝗《ばった》の土下座〟がある。飛蝗《ばった》が這いつくばるのは跳ねて遠くに逃げるため。――それと同じく、その場しのぎの『逃げの土下座』よ」

「……なるほど」

薄々とではあるものの、やっと理解が追いついてきた。

これが蜘蛛と飛蝗《ばった》の意味だ。

「〝飛蝗《ばった》の土下座〟は、その場をしのぐためだけのものでしかないと？」

「うむ。土下座の中でも下の下の土下座。いわば土下下下座というわけであるな」

「そういうことでございましたか……。だからお奉行は、たづには『ど』の字をしなかったのですね？　その場しのぎの土下座をしても、たづのためにはならぬ。それは本当の優しさではないと、そうおっしゃりたかったのですか」

『謝ればたづの気が晴れて奉行所に来なくなるかもしれない』など、まさしくその場しのぎのぺこぺこ飛蝗《ばった》。かえって彼女が憐れであろう。

だからこそ奉行は頭を下げなかったというのか。

「はは、買いかぶりすぎだ。儂はただ、土下下下座の飛蝗《ばった》になりたくなかっただけのこと。そこまでは考えておらぬぞ」

これは真実《まこと》か、あるいは謙遜か。

今までの小野寺ならば『やはり偶然か』と、あきれているところであったが――。

（謙遜、かもしれぬ……。このお方は土下座に関することにかけては、なにやら底知れぬところがある。人より一枚上手でも、果たしてなんの不思議があろうか）

いぶかしむ彼に、奉行は茶をもう一杯勧める。

「さて、小野寺よ。せっかくなので竹五郎河童の件、このまま詳しく調べるがいい。――儂が頭を下げたのだ。梶谷や鈴木も文句は言えまい」

語調は柔らかだが命令だ。『調べろ』と命じていた。

（なんと……。先ほどしたのは〝飛蝗《ばった》の土下座〟と言っておられたが――）

嘘であった。飛蝗《ばった》ではない。

おそらく、あれこそ〝蜘蛛の土下座〟。

頭を低くしながらも、獲物を捕らえて喰らう化け蜘蛛のごとし。

梶谷も鈴木も、この小野寺も、いつの間にやら土下座の糸に搦《から》めとられていたのだ。

（やはり奉行の土下座、底知れぬ……）

五

午後からは表に出て、上野で辰三と落ち合った。

「――ということで、竹五郎の件を調べることとなった」

「再探索というやつでやすか？」

「そんな大げさなものではない。あちこちで軽く話を聞くだけだ」

正式な再探索となれば『当時受け持ちの同心に瑕疵あり』となり、それこそ鈴木に恥をかかせよう。

あの鈴木はせっかく先月に序列が一位上がって十位になったばかりというのに、もとの序列に下げられかねない。お小言癖の〝しゅうとめ重吾〟といえど、同僚にそこまでのことはしたくなかった。

植木屋の竹五郎が溺死したお堀は上野と浅草の間のあたり。自分の縄張りからもそう遠くない。

「見廻りついでに足を延ばすとしよう」

鈴木は、今日は一日奉行所内で座り仕事をするという。今なら顔を合わせずに済む。

そんなことを考えながら歩いていると……。

「――小野寺の旦那、やっと見つけた！　チョイと番屋に来ていただけやせんか？」

近くの番屋の者にいきなり声をかけられた。

どうやら急ぎの用らしい。

「何用か？」

番屋の障子戸をくぐると、そこにいたのは――、

「オウ、やっと来やがったか」

「財前⁉　また貴様か！」

いつぞやに続いて、またも〝花がら孝三郎〟こと南町同心の財前であったのだ。

「今度は何にちょっかいを出しに来た？」

「人聞きワリィな。そりゃ、ちょっかい出す気ではいるがよォ」

「貴様、悪びれもせず！」

「けど、来た理由はちゃんとある。——そこのお方をおめえに会わせに来たンだよ」

財前は、顎で番屋の奥を差し示す。

そこにいたのは、立派な身なりの上級武士。

年のころは五十代半ばあたりであろう。品のよいたたずまいからして、いずこかの大名家か大身旗本のお殿様といったところか。

トウがたってはいるものの顔立ちは整っており、細面《ほそおもて》で色は白く、目は切れ長でまつ毛も長い。

役者のような美男である。ただ、顔が整いすぎているのと表情の乏しさから、どちらかといえば能役者……否、能面そのものを連想させた。

小ずるく油断のならぬ狐《きつね》の面だ。

「貴様が〝しゅうとめ重吾〟か？　ふむ、言われてみれば、かすかに見覚えがあるやもしれん」

（――この御仁、まさか！）

小野寺は、この男を知っていた。

以前見たのは、もう何年も前のこと。あのころはまだ見習い同然の身であったため目通りしたのは一、二度のみだが印象的な風貌だ。間違いない。

「貴方様《あなた》は……」

「南町奉行にして目付末席、遠山左衛門尉景元《とおやまさえもんのじようかげもと》」

（やはり、先々代のお奉行！）

かつて北町奉行を務め、今は南町奉行と目付末席を兼任する、人呼んで〝いれずみ金四郎《きんしろう》〟であったのだ。

この人物を評するならば、町奉行ながら『無法』の二文字。若いころはぐれており、やくざやごろつき、不逞浪人といった輩《やから》を乾分にし、江戸中で暴れまわっていたという。背中には一面に彫り物があるとの噂であった。

また役人としても、そもそもは〝大御所老〟水野に抜擢《ばってき》されて世に出た生え抜きの水野派というのに、いつの間にやら阿部派に寝返ったという無法者である。――一説によれば水野が一時失脚しかけた際、裏で手を引いていたのはこの男であったとか。

（役人として武士として、あまり尊敬できるお方ではないが――）

ただ一方で、幕閣お歴々の中での評価は高く、それは末席ながらも目付の職に就いていることからもうかがい知れた。

目付といえば町奉行より格式は下だが実質でいえば幕府の中枢。将軍や老中が『意思』『魂魄《こんぱく》』であるならば、目付衆は『脳髄』にあたる。たった八人で徳川幕府という巨大官僚機構を動かし、天下の舵取《かじと》りをする御役目だ。

この南町奉行は阿部老中に請われ、今年の頭より目付職を兼任しているのだという。

（だが、その遠山様が、私になんの用というのだ……？）

今は町奉行といっても財前たちの上に立つ南町の奉行であるというのに。

不思議がっていると、向こうの方から先に話を切り出した。

「ふふ。義叔父《おじ》上がな、貴様に世話になったと聞いた」

「義叔父上様……大番頭様でございますか？」

そうであった。先日、北町奉行所に乗り込んできた大番頭の堀田民部少輔は、この遠山左衛門尉の妻の叔父。

閥を寝返るという無法も、あの〝しかり民部〟が後ろ盾にいたからこそ許されたのだという者もいた。

「しかし拙者、大番頭様にお世話など――」

遠山左衛門尉は、小野寺の言葉を遮り、話を続ける。

「義叔父上が昨日、隠居した。世話になった貴様にも知らせておこうと思ってな」

「隠居……？　それはまた、なにゆえで」

たしかに六十過ぎの高齢ではあるものの、まだまだ御役目を他人に譲る気があるようには見えなかったが――。

だが、いずれにせよ『なにゆえ』とは立ち入ったことを訊いてしまった。口にしてから後悔をする。さすがに礼を失していよう。狐顔の頬がわずか一瞬ぴくりと震えた気がした。

「……申し訳ございませぬ。出過ぎたことを訊いてしまいました」

「いや、構わぬさ。――義叔父上はな、観世音菩薩のせいで隠居したのだ」

「かんのん……？」

最初は意味がわからなかったが、一拍置いてやっと察した。

（あの津路屋の観音像か！）

南町奉行は『やっと気づいたか』とばかりに言葉を継ぐ。

「義叔父上は老齢で焦っておられた。くたばる前に少しでもさらなる出世をしておこうとな。それで観音像を手に入れようとしていたのだが——焦りゆえ、どこぞで偽物の像を摑まされたのだ。知っていよう？」

知っている。その場にいた。

摑ませたのは北町奉行の牧野駿河守。

そして観音像を盗賊一味の手から取り戻し、直前まで抱きかかえていたのは誰あろう、この同心・小野寺重吾であった。

「阿部様派のお歴々の前で、偽観音を自慢げに披露して醜態を晒し、隠居せざるを得なくなったというわけよ。我が義叔父とはいえ愚かなことだ」

つまり、この〝いれずみ金四郎〟にとって牧野駿河守は義叔父の仇《かたき》であったのだ。

小野寺は、仇の乾分といったところか。

「おかげで私も、後ろ盾をひとつ失った」

この狐面の奉行、表の面一枚だけは冷静沈着を装っていたが、その実、肚《はら》の中は煮えくり返っていたに違いない。

（しかも番屋の中というのに、これほど堂々と裏の事情を語るとは……）

もし余所に漏らせばただでは済まさぬ、という気概の上でのことであろう。

番太たちも察しているのか、皆、そっと席を立ち、それぞれ番屋の外へと出ていっていた。

やがて狐顔の遠山左衛門尉は、

「──さて」

と改まって本題を切り出す。

「〝しゅうとめ重吾〟こと小野寺よ。小耳に挟んだのだが、竹五郎河童の件を再度調べるよう命ぜられたそうだな？」

「なぜそれを⁉」

北町でもそれは牧野駿河と小野寺自身しかまだ知らぬはず。

しかも、つい先ほど、ほんの半刻も経たぬ前に決まったばかりのことというのに。

この狐は、いったいどこで嗅ぎつけてきたというのだ？

「はは、『なぜそれを』か。──小野寺よ、北町の同心でよかったな？　南町では質問に質問で返すなど許しておらぬぞ」

「は、かさねがさねご無礼を……‼」

だが、どうして──？

小野寺の疑問には返事をせぬまま、遠山左衛門尉は話を続ける。

「〝しゅうとめ重吾〟よ、憐れな植木屋の女房のために一件を調べ直そうというその姿勢、まったくもって天晴《あっぱ》れである。まさしく廻り方同心の鑑《かがみ》といえよう。この左衛門尉、感じ入った。なので――」

そして、ちらり、と横の財前に一瞥《いちべつ》をくれた上で続けた。

「この財前を貸してやろう」

予想すらしていなかった申し出だ。

小野寺は、ただ「は？」としか返事ができなかった。

なぜ、そうなる？

それどころか当の財前本人も話を聞かされていなかったようで、いつもの伊達男《だておとこ》らしくなく、ぽかんと口を開けて驚いていた。

「かんのん盗の件では我ら南町が邪魔をしたと聞く。その罪滅ぼしと思うがよい。――財前と貴様、ふたりで力を合わせて真相を突き止めるのだ」

このいれずみ奉行、信じられぬことを言う。

狐面の唇の端は、ほんのわずかに微笑《ほほえ》んでいた。

幕間の参

南町奉行にして目付末席、遠山左衛門尉景元。

この人物を評するならば『無法』の二文字である。

裁きは冷酷そのもので、捕り物にも囮《おとり》や密偵といった小狡《こずる》い手を好んで使うため、捕らえられた罪人の多くは納得いかず、首を刎《は》ねられる間際まで喚き散らすのをやめぬという。

また若いころぐれていたのは先述した通りであるが、その時分に手下にしていたやくざやごろつき不逞浪人といった輩は、総勢ざっと百名近く。

今もこの手下どもとのつながりは途切れておらず、一部は奉行所の小者や密偵、下働きとして使われている。——そうでない者も一声かければ金四郎のために駆けつけ、命さえ平気で捨てる。

遠山左衛門尉は、同心二人と別れたのち、昔の乾分のひとりと落ち合い、

「集めたか？」

と訊ねた。

「へい、親持ちでねえ流れモンのやくざを五人、腕の立つ浪人の先生を五人、合わせて十でどうでやしょ？」

この男は当時一番若い乾分のひとりであり、今では神田の一部を縄張りとする組持ちやくざである。上野・浅草一帯への進出を狙っているため、遠山から持ち掛けられた話はまさしく渡りに船であった。

「足りん。浪人をもう五足して十五にしろ。急ぎでだ。——言うまでもないが、おれの名は出させるなよ」

「へへ、わかっておりやすとも」

義叔父に情など少しも無いが、始末をつけねば名にかかわる。

肆「竹五郎河童（後編）」

一

妙なことになった、と小野寺重吾《おのでらじゆうご》は顔をしかめる。

まさか〝花がら孝三郎《こうざぶろう》〟こと南町の財前《ざいぜん》と組んで、竹五郎《たけごろう》の件を調べることになろうとは。

小野寺と財前、それに小者《こもの》の辰三《たつぞう》の三人は、連れ立って現場のお堀へ向かう。

「……小野寺の旦那、こりゃあなにかの罠《わな》でやすぜ」

辰三の言葉に、小野寺は思わず苦笑い。

この子持ち猪《いのしし》め、いつまで人を新米扱いする気なのか。

罠であることくらい誰でもわかる。——問題は、どんな罠であるのかだ。

竹五郎の一件をわざわざ同心ふたりで調べることにより、あの狐《きつね》の南町奉行は何を得られるというのだ？

（……どうやら財前も聞かされていないようだな）

この〝花がら〟にとってでも寝耳に水であったらしく、「知らねえよ」と小野寺同様の苦笑いを浮かべていた。

非番の月で、座り仕事も溜《た》まっているのに、なにゆえ小野寺の手伝いを――しかも植木屋の溺死《できし》など調べねばならぬのか。声にせずともそんな不平が伝わってくる。

「――あっ旦那がた、ほれ、このへんが現場のようでやすぜ」

気がつけば、もうお堀端。

ほれ、と辰三が指さした橋のたもとには、『かっぱ橋』と書かれた真新しい立て看板があった。

魚屋の売れ残りなのか、どこかの家の食べ残しなのか、傷んだ鰯《いわし》が供えてある。ぷうんと生ぐさい臭いが鼻を衝《つ》く。

「なるほど、たしかにここのようだ」

――ただ、看板の添え書きをよく見れば、この名がついたのはつい最近のこと。竹五郎の死に由来するものであるらしい。

近くにいた近所の者に訊《たず》ねても、皆一様に、

「いえ河童《かっぱ》の噂《うわさ》なんて、ふた月前まで聞いたこともありやせん」

と答えるのみ。

（つまり、すずしん殿の苦し紛れが、新たな地名を作ったわけか）

各地の妙な地名というのも、もしかするとその程度の由来であるかもしれぬ。

横で財前が軽口を叩《たた》く。

「へヘッ、どうやら河童はいねェようだな？」

「当たり前だ。河童など実在しない生き物であるからな。そんなものを信じているのは幼い童《わらべ》か、よほど学の無い者だけだ」

「おやおや夢のねェ」

——だが、改めて思う。鈴木《すずき》殿は苦し紛れとはいえ、なぜ河童などと？

あの男は捕り物こそ不得手であるため序列は低いが、学の有る無しでいえば廻《まわ》り方の中でもかなり上。

母親の実家が小石川《こいしかわ》番（小石川養生所の管理を担当する同心）ということもあって医学に明るく、死体が見つかったときには彼に検分の手伝いを頼む者も多かった。

そんな鈴木の口から理由もなく、とっさに河童などと出てくるものか？

まして、ふた月前は冬の只中《ただなか》。凍える寒さであったはず。河童は連想しにくい季節であろうに。

「まあよい。行くぞ財前。すぐそこが番屋だ。話を聞いてみるとしよう」

「オウよ」

今日は番屋ばかりを回る日だ。

一同がかっぱ橋前の番屋を訪ねると、ありがたいことに番太が全員揃《そろ》っていた。もうじき昼番と夜番の交代時刻ということで、こうして集まっていたらしい。

「旦那方、どうしたんで？　余所《よそ》の縄張りに——しかも南北揃ってたぁ？」

番太頭のもっともな疑問に、花がらの財前が答える。

「なァに、チョイと河童のことを知りたくてな」

「河童……？　植木屋の竹五郎のことですかい？」

番太たちは全員で一旦、互いの顔を見合わせたのち、再び番太頭が代表で——、

「……そりゃあ、お答えできやせんな」

と、むげに返事をした。

まさか断られるとは。今度は小野寺と財前が顔を見合わせる番であった。

「オイオイオイ、俺たちゃ町廻りの同心サマだぞ？　なのに答えられねぇたァどうい

うこった？」

「とにかく答えられやせん。町奉行所の偉いお方から口止めされておりやすので」

「だったら、ますますさっさと答えな。いいか、俺たちゃあな、それぞれ南町北町のお奉行様に命ぜられて河童の件を調べてンだよ。『奉行所の偉いお方』の命《めい》なンだ」

「そいつは……」

番太頭はしばし財前の言葉に戸惑っていたが、やがて意を決したらしく――、

「いえ、とにかく言えやせん。お帰《けえ》りくだせえ」

と番屋から、同心たちを追い出した。

小野寺と財前は、ますます呆気《あっけ》にとられるばかりであった。

二

「参ったぞ。まさか追い返されるとは」

「重吾、おめえが嫌われてるからじゃねえか？　俺ひとりなら平気だったかもしンねえ」

「莫迦者《ばかもの》、お前の恰好《かっこう》が派手でいかがわしいからかもしれんだろう」

互いに悪態をついてはみたが、無論、本気で相手のせいとは思っていない。とりあえず口にしてみただけのことだ。

なんにせよ竹五郎の一件、ただの溺死ではないらしい。

おそらく、もっと闇が深い。そうでなくば番屋が同心に逆らうなどあり得まい。

「しかし、これではなにもわからんままではないか」

と、ここで――、

「いえ、平気でやしょう」

これまでずっと無言の辰三が、やっと分厚い唇の口を開いた。

「平気？　どう平気だ？」

「奥にいた一番気の弱そうな番太、あの野郎、なにやらずっとビクビクしてやがりやした。なにか知ってるに違ぇねえ。――旦那方、お気づきじゃなかったんですかい？」

「いや……」

小野寺が横の財前を見やると、すっ、と黙って目を逸《そ》らす。

この男も気づいていなかったということらしい。

（辰三め、私と財前を試していたのか？　師匠気取りか）

とはいえ実際気づいていなかったのだから文句も言えぬ。同心ふたりはそろってばつの悪そうな顔になった。

「では、番屋に戻ってその番太を引っ立てよう」

「いいえ、それには及びやせん。そろそろ野郎は交代時間でやす。壁の張り紙に書いてやした」

「そうか……」

さすが師匠を気取るだけあって目端《めはし》が利く。小野寺と財前は、これまでにも増してばつが悪い。しばらくはこの仏頂猪《ぶっちょういのしし》に逆らえまい。

三人が番屋前に張り込んでいると、やがて件《くだん》の番太が中から出てきた。

一同はそっと後をつけ、番屋から二町ほど離れたあたりで……、

「オウッ、さっきの番太じゃねえか」

「ここで会ったのもなにかの縁。近くで一杯飲もうではないか」

大根芝居をしながら同心二人で腕を摑《つか》み、そのまま近くの居酒屋へと強引に連れ込んだ。

当の番太は最初こそ慌てていたが、すぐに抵抗するのをやめた。

〝はなよし〟は、浅草と上野《うえの》の境目あたりにある泥鰌《どじょう》鍋屋だ。

ただし今は旬でないので、不味《まず》いのを覚悟で痩せ泥鰌を食べるか、でなければ適当な魚の切れ端やら下魚《げざかな》やらをぶち込んだあら鍋か、どちらかを頼むことになる。

一同は店の奥の座敷に上がり、あら鍋と酒を頼んだ。

鍋の中身は日によって違うのであろうが、今日は鮪《まぐろ》であるらしい。脂身や血合いがグツグツと真っ黒い醤油《しょうゆ》汁の中で煮えていた。

財前は手ずから番太に酌をする。

「で、番太よ、おめえ名前は？」

「鶴八《つるはち》と申しやす……」

「そうかい。じゃあツルの字、いっぺえ飲みねえ。鍋も食え」

こうやって酔わせて話を聞き出す算段であったのだが――。

「いえ、酒なんざ無くてもお話ししやす……。本当は、前から誰かに言いたかったんでさ。黙っているのが辛《つら》くって」

なるほど、ろくに抵抗せぬと思ったら、そういうことであったのか。

番太の鶴八《つるはち》は猪口《ちょこ》に手も触れぬまま語り出す。

「……竹五郎は、溺死じゃありやせん」

なんと。

同心たちは息を飲んだ。察しはついていたものの、それでも改めて口にされると心穏やかではいられない。

小野寺は鍋の湯気越しに身を乗り出して問い詰める。

「溺死でないなら、なんだというのだ？」

「ありゃあ殺されたんでさ。胸に刃物で刺された傷がありやしたから。おまけに——」

「おまけに？」

「いや……とにかく誰かに刺し殺されて、死んでからお堀に放り込まれたんでさあ。医術に明るい鈴木様がおっしゃってたんだ。間違いありやせん」

「すずしん殿も知っていたと⁉」

なのに溺死として処理したのか？

それどころか、知った上で遺族には河童とごまかそうとし、今日に至っては小野寺に対し『俺の調べは信用ならんというのか？』と騒ぎたてたということになる。

（つまりは、おたづ《たづ》が正しかったのではないか！　このふた月、ずっと鬱陶しがられていたあの女房が正しく、間違っていたのは我ら奉行所の方であったとは！）

ぞっ、と背筋が寒くなる。

知らぬ間に北町奉行所一同で大きな過ちを犯していたというのだ。

「鶴八よ、すずしん殿はなぜ本件を溺死としたのだ？　なにゆえ真相を隠した？」

「知りやせん！　あっしらは口止めされていただけでごぜえやす！　あとは鈴木様に訊《き》いてくだせえ！」

三

鶴八のこの態度、どうやらある程度真相を知っているようであったが、怯《おび》え方からしてよほど念入りに『口止め』されているらしい。

簡単に口は割らぬであろうし、無理に聞き出すというのも酷であろう。

小野寺たちはこの震える番太を逃がしてやることにした。

「では財前よ、ひとまずここで別れよう。私は北町奉行所へと戻り、鈴木殿を問い詰める」

「オウよ、そっちは任せた。こっちはこっちで調べてみらァ」

こうして小野寺は財前と別れ、辰三を連れて店を離れる。

ただ一、二町ほど歩いたあたりで辰三は——、

「旦那、あっしだけチョイと別ンとこ寄ってもよろしいでやしょうか？」

と言い出した。

「別のところ？」

「へえ、少し気になることがありやして」

彼はつるつる猪の別行動を許し、ひとりで北町へ戻ることにした。

どうせ小者は奉行所内へは入れぬ決まりだ。構うまい。

奉行所の前には、また餅女房のたづが来ていた。小野寺は裏へと回る。

今日は、特に合わせる顔がない。


奉行所に戻った小野寺はその足で奉行の部屋へと参り、ことの顚末《てんまつ》を報告した。

（お奉行、驚かれるであろうか。それとも自分の来る前の事件など気にならぬか？）

どちらの反応を示すか気になっていたのだが、当の牧野駿河守《まきのするがのかみ》は口を真一文字に結びながら、

「やはり、か」

と、ただ一言。

予想外の言葉であった。

「お奉行、『やはり』とは……。竹五郎が溺死でないと、既にお気づきであったのですか？」

「うむ。お主が出ている間に、別の筋から聞いたのだ」

別の筋？

ではこの奉行、廻り方同心とは別に、独自の手の者がいるとでも？

小野寺には信じられなかった。

（このお方に、そのようなものが……。ただ土下座が上手《うま》いだけの御仁と思っていたのに）

その実、陰では間諜《かんちょう》を操り、廻り方同心以上の情報を得ていたというのだ。

「つまり小野寺よ、事情は鈴木が知っているというのだな？　――誰か、誰かおらんか！　廻り方の鈴木を呼べ！」

部屋の外へと声をかけると、しばらくして――、

「ご無礼を。梶谷《かじや》でございます」

たまたま表の廊下にいたらしい与力の梶谷が返事をする。

「鈴木は今、ちょうど見廻りに出ております」

「そうか、いつ戻る？」

「そこまでは……。しかし夕刻までにはおそらく」

はて、と小野寺は心の中で小首をかしげた。

鈴木は本日、奉行所内で座り仕事と聞いていた。縄張りの浅草でなにかあったというのだろうか？

ともあれ、奉行は梶谷にことづける。

「ならば、戻ってきたら儂《わし》のところに顔を出すよう言ってくれ。——儂は今から出かけるが、帰ってくるまで必ず待たせておくように」

「心得ました」

梶谷は一礼をして部屋を去り、あとには再び奉行と小野寺だけが残された。

あの担当与力、また袖のところにかぎ裂きができていた。——ただ小野寺には、それより気になることがある。

「お奉行、どこかへお出かけで？」

奉行所の不祥事かもしれぬというのに、まさかまたおしのびで遊びに行くのではあるまいな？　そのような厭味《いやみ》をこめて訊いたのだが……、

「少々な。人に呼びつけられておる」

どうやら本当に用事であったらしい。

「そうだ小野寺よ、お主も来い。竹五郎河童の件、道すがら詳しく話を聞かせてもらおう」

小野寺と奉行は、連れ立って道を行く。

――といっても、ふたりきりではない。小野寺は徒歩《かち》だが奉行は駕籠《かご》だ。前後に駕籠かきが一人ずついた。

（駕籠かきがいるのでは、さほど込み入った話はできんな）

あまり人に聞かれたくない話題であるし、それを抜きにしても『えっほえっほ』の掛け声が邪魔になる。

「つまり儂より偉い誰かが、鈴木に命じたというのだな？」

「は、そのようで……。詳しくは、のちにお話しいたします。――ときに、我らはどこに向かっているのでございましょう？」

「お主も存じておる相手だ。そろそろ着く」

「私も？」

やがて駕籠は、目的地に到着する。

どこかの立派な屋敷であった。門の鉄鋲《てつびょう》の杏葉紋《ぎょうようもん》に、小野寺は見覚えがある。

「この家紋……もしや、先代お奉行の鍋島《なべしま》様のお屋敷では？」

「うむ。ちょうど河童の件も聞けるかもしれん」

先々代の〝いれずみ金四郎《きんしろう》〟遠山左衛門尉《とおやまさえもんのじょう》といい、今日はもと北町奉行に縁のある日だ。

四

二人は奥へと通される。

（鍋島様か。厳格かつ頼もしい『いかにも町奉行らしいお奉行』であられたな）

廊下を案内されながら、小野寺は先代奉行のことを思い出す。

鍋島内匠頭直孝《たくみのかみなおたか》。つい先月まで北町奉行を務めていた人物だ。家禄《かろく》五千石ながらも佐賀《さが》藩主鍋島家の血筋にあたり、実際の家格は小大名並となる。

町奉行の任を解かれた今は、幕府目付衆のひとりとなっていた。

前にも述べたように目付というものは格式こそ町奉行より下であるものの、その実質は天下の中枢。優秀な人材は常に必要とされているため、昨今は彼のように町奉行から目付になる者も少なくない。

ここ二十年ほど目付衆は総勢八名と決まっていたが、水野《みずの》派と阿部《あべ》派はこの八人という枠のうち自派の者をひとりでも多く送り込もうと必死になっていた。

いわば席取り合戦。目付の席のぶん捕り合い。

現在のところ両派とも八席のうち四人ずつの互角である。

この先代奉行は水野派であり八人中の序列七位。阿部派で序列末席（八位）の南町奉行遠山左衛門尉とは激しく対立する立場にあった。

「駿河守殿、よくぞおいでくださった。──それに小野寺も。壮健そうでなによりである」

座敷では、屋敷の主《あるじ》である鍋島内匠頭が厳《いか》めしい顔で待っていた。

（いまや町奉行ではないというのに、相変わらずいかにも町奉行らしいお姿でおられる……。やはりお奉行たる者、こうでなくてはならん）

当代奉行と比べての感想だ。牧野駿河守より十歳以上年下でありながら威厳ははるかに上回る。

怖《おそ》ろしげな御面相《ごめんそう》ではあるものの、さすがは名家の血筋だけあって品格があり、粗野な凶暴さは一切感じさせぬ。まさしく厳格な法の番人、治安の守護者。今の奉行の顔がえびすさまなら、この先代は閻魔大王《えんま》。在職中、江戸を威圧し続けてきたつらがまえだ。

一方、駿河守はいつものようにへらへらと笑みを浮かべつつ、ぺこりと小さくだけ頭を下げる。この奉行、土下座でないときは辞儀《じぎ》が浅い。

「内匠頭殿、引継ぎのご挨拶《あいさつ》以来ですな。本日はお招き嬉《うれ》しゅうございますぞ」

「いいや生憎《あいにく》、遊びで来ていただいたわけではござらぬ。実は……」

先代奉行は、奉行の耳元に顔をぐっと寄せつつ、なにやら声を潜めて囁《ささや》いた。件の閻魔顔が間近に迫る。内緒話というより脅《おど》しの効果の方が強かろう。

先代は後ろに控える小野寺の耳に入らぬよう、小声で伝えたというのに――、

「ほほう、竹五郎河童の件でございますか?」

当代奉行はわざわざ聞こえるように聞き返した。閻魔の面《つら》はますます厳めしいものとなる。

しかし、まさか竹五郎の件で奉行を呼びつけたとは。

もはや声を潜めても無意味と考えたのか、先代奉行は隠しもせずに言葉を続けた。

「いかにも。駿河守殿、そこの小野寺に竹五郎の一件、調べ直させておられるとか」

「おや、お耳が早《はよ》うございますな。さすがは御目付殿」

たしかに早い。

調べ直しは今日始めたばかり。なのに南町奉行の遠山左衛門尉といい、なにゆえ筒抜けとなっている？　果たして誰が報《しら》せたのか？

先代奉行の内匠頭は、そんな小野寺の疑問には一切触れることなく、声を低くして当代に告げる――。

「余計なことはせぬ方がよろしいですぞ」

「ほほう、竹五郎河童の調べ直しは余計なことでございますか？」

「いかにも。こう申してはなんだが、拙者に対して礼を失しておりましょう。あの件は同心の鈴木の報告を踏まえ、拙者が溺死として始末したのです。――少なくとも、面白くはござらぬな」

傍《はた》で聞いていた小野寺は、言いようのない失望を覚えていた。

（そんな莫迦な！　このお方が、そのような――!!）

彼はこの先代奉行のことを『町奉行の中の町奉行』とさえ思っていた。真実を追い求め、厳格かつ公正に裁きを下す正義の人であると。

少なくとも自分の知る鍋島内匠頭は、そういった人物であったはず。

なのに竹五郎の一件だけは、なにゆえ調べ直しを拒むのか？

内匠頭は再び声を潜める。漏れ聞こえた声は、ひどく卑しいものに思えた。

「駿河守殿、ご貴殿は千代田のお城ではどこの閥にも入っておられぬとうかがっております」

「まあ、そうですな」

「ならば竹五郎の一件、お忘れなされ。――さすれば拙者の口利きにて、水野越前《えちぜんの》守《かみ》様の閥に駿河守殿をお迎えすることも考えますぞ」

「なるほど、悪くないお話ですな」

小野寺の失望は、ますます深まるばかりであった。


奉行と小野寺は、追い立てられるように先代奉行の屋敷を後にする。

駕籠は先に帰して、二人で歩くことにした。空はそろそろ夕焼け。もの寂しい。

「内匠頭様が、あのようなお方であられたとは……」

意気消沈する小野寺に、当代奉行の駿河守は――、

「まだ早い」

と、ただ一言。

顔はいつもの寝ぼけえびすであったが、細めた目は少しも笑っていなかった。

「早い、とは？　どういった意味でございましょうか」

「残念がるのは早いと申しておるのだ。詳しく知れば、より深いがっかりがお主を待っているかもしれんぞ」

「より深い、でございますか……？」

どうやら奉行が同心にかけたのは、慰めの言葉ではなく逆らしい。

さらなる失望を覚悟せよ、と脅していたのだ。

「お奉行、なにをご存じなので？　前に『別の筋』から竹五郎について聞いたとおっしゃっておられましたが、その筋からお聞きになったのですか？」

「うむ。ちょうどこのあたりで落ち合うことになっておる。お主とも会わせておこうと思ってな。――おるか？　出てまいれ」

奉行が鯉《こい》でも呼ぶように、ぽんぽん、と手を叩くや、

「――ここに」

不意に、真後ろから声をかけられた。

女の声、それも老婆の声だ。

小野寺が振り返ると、そこにいたのは――、

「貴様、菊《きく》か⁉」

「小野寺様、ご無沙汰しております」

盗賊一味の女頭目であり、かんのん盗の一件解決の立役者、あの夜目鴉《よめがらす》の菊であったのだ。

浪人どもと縁を切ることができたからか、面持ちは心なしか前より明るく、身なりも小ぎれいなものになっていた。

しかし、この老女、遠島になったはずであるのに、なぜ江戸に？

「わたくしが、お奉行様の『他の筋』でございます。減刑していただいた恩に報いるべく、陰にて働くことにしたのです」

「つまり密偵《いぬ》というわけか」

「ええ。これというのもお奉行様と小野寺様のおかげ……。この夜目鴉の菊、おふたりのために尽くす所存でございます。――ことに小野寺様の御ためには」

「私のため？」

「エエ。あの優しさ。あの凄腕《すごうで》。わたくし、年甲斐《としがい》もなくすっかり惚《ほ》れ込んでしまいました。残り少ない寿命、すべてお捧《ささ》げしてよろしゅうございます」

大げさな。ずいぶんと気に入られたものだ。

相手が皺《しわ》だらけの老人とはいえ、ここまで見込まれて悪い気はしない。

「それで竹五郎のことについて、菊はなにを知っているのだ？」

「はい、わたくしが馴染《なじ》みの聞屋《ぶんや》から仕入れたところによりますと――」

聞屋というのは瓦版の版元のために噂話を集めたり文面を書いたりする者のことであり、転じて盗賊ややくざ者の使う諜者《ちょうしゃ》を指す。

菊は盗賊たちの用いる裏の道から、竹五郎の死について探ってくれたというのだ。

「竹五郎が死んだのは、本当は心中《しんじゅう》でございます」

「心中だと？」

「しかも相手は先代お奉行様、鍋島内匠頭様の御子《おこ》で」

「なんと……!!　先代お奉行の⁉」

「いかにも。互いに刃物で胸を突き合い死んだのですが、鍋島家中《かちゅう》の方々が家の恥になると、竹五郎の屍《しかばね》だけを堀に投げ込み、同心の鈴木様に後始末をさせたのです」

信じられぬ真相を、老女はさらりと口にした。

つまりは先代奉行が、我が子の不始末を隠すため、世間と植木屋の女房を騙《だま》していたというのだ。

（おたづ、なんと憐《あわ》れな……。いや、憐れというなら奉行所が嘘《うそ》を吐《つ》いていたことだけでなく、亭主が浮気の末に心中し、それを知らずに奉行所詣《もう》でをしていたこともであろう）

奉行の言う通り、失望するのは早かった。

今の話を聞いてから意気消沈すべきであった。あの閻魔が、まさか身内を庇《かば》うために法を破るとは。まだ夕空でありながら目の前が真っ暗になる思いであった。

「……しかし、先代お奉行に娘御などおられたか？　たしか今年十八になる御嫡男がおられただけと思ったが」

これまたふた月前、流行《はや》り病で亡くなったと聞いた気がする。

「はい、ですからその御嫡男と竹五郎が心中を」

「なにっ？」

「その……同心の鈴木様が河童などと申されたのも『河童の尻子玉』を連想されたからでございましょう。殿方同士が心中なさる前というのは心残りがないよう、それはもう——激しくなさるものと聞きますので」

菊は皺だらけの顔を真っ赤にさせながら、とぎれとぎれに声を発した。

今どき若い娘でさえ、ここまで恥ずかしがることはあるまい。やはりこの女盗賊、もともとは相当によい家の育ちであるらしい。

「ですから尻の、その……穴が、手を突っ込まれて玉を抜かれたようになっていたのではないかと」

「そうか」

聞いている小野寺まで、釣られて頬が赤くなる。

老女のくせに照れる仕草が妙に可憐《かれん》で、ついどぎまぎとなってしまった。

「それに小野寺様、先代お奉行様のお気持ちもわかるというもの。御嫡男が町人の男と心中などすれば江戸中で噂になり、閉門はまぬがれませぬ。お武家様というのはお家《いえ》を守るためなら手を汚すのは平気なものでございますゆえ」

「それはそうかもしれぬが」

と、そこで当代奉行が話に割って入る。

「一応、鍋島内匠頭殿の名誉のために申しておくが、おそらく罪を隠したのは水野様派ご一同のためであろう」

「水野様派の？」

「うむ。竹五郎が死んだとき、内匠頭殿はすでに目付になるのが決まっておられた。水野様派の目付が減らぬためにも不祥事は伏せねばならなかったのだ」

「左様でございましたか……」

どことなく水野派寄りの物言いであった。

そういえば、この奉行は先ほど水野派の鍋島内匠頭から『黙っていれば閥へ入れてやってもよい』と誘われていた。

まさか交換条件に惑わされ、本件を黙殺しようと思ってはいまいな？　小野寺の胸中で、駿河守への不信がかすかに首をもたげる。

「今、お奉行は『不祥事』と申されましたな？」

「うむ、申した」

「先代お奉行のなされたこととはいえ、これ即《すなわ》ち北町奉行所の不祥事。お奉行はいかに始末をつけるおつもりでございましょう？」

鍋島内匠頭は大身旗本であるがゆえ町奉行所で罪を問うことはできぬ。しかし正式な手続きを経た上で、なんらかの処罰は可能なはずだ。それをするのか？

また、竹五郎の女房のたづや同心の鈴木をいかに扱う？

いや、そもそも心中を溺死と偽ることは、どのくらいの罪になる？　遺族であるたづに弔慰の金子《きんす》を支払う必要はあるのか？

——それら全てをひっくるめ、この北町奉行牧野駿河守は、いかに裁きを下す気であるか？

小野寺が問うと、当の駿河守は「そうさな」とほんの一拍だけ考え込んだのち、

「謝って済ませるとしよう」

と返事をした。

「謝る、でございますか？」

「うむ。もとより不祥事というものは誰かが謝って済ますもの。古今東西変わるまい。——儂はそれが得意であるし、どうせ儂はそれしかできぬからな」

奉行の言葉は本質を突いているようでもあるが、しかし小野寺にとっては不愉快かつ耳障りな響きであった。

「つまり、謝るだけ、ということで？」

「そうだ。謝るだけだ。『謝るだけ』で済ますために謝るのだ。儂が当代の奉行として水野様派と敵対する阿部様派や中立派のお歴々に頭を下げて『謝るだけ』で済まし、それ以上の責は問われぬようにする。——それができるから儂は土下座の名人と呼ばれておるのだ」

「なるほど……」

「いや、もしかすると水野様ご一派の方々は、鍋島内匠頭殿の件を存じておられたのかもしれぬ。そのために儂は北町奉行に任じられたのやも。内匠頭殿の代わりに謝るために」

言われてみれば、あり得る話だ。

竹五郎の一件を謝って済まし、八人の御目付衆のうち水野派四人分の席を守る。

〝どげざ駿河〟の使い道としては、もっとも正しいものであろう。

「それはわかりましたが……謝る相手は、千代田のお城のお歴々だけなのでございましょうか」

「他にも誰か？」

「竹五郎の女房のたづには？」

小野寺の感覚からすれば第一に頭を下げるべき相手であった。

「さて、どうしたものかな。今のところ謝るつもりはない」

「なぜでございます⁉」

「すべきとは思わぬからだ」

まさか。信じられぬ。

例の〝飛蝗《ばった》の土下座〟の話であるのか？　だが前とは違う。

今は真相が判明し、奉行所が間違っているとはっきりしたではないか。

なのに頭を下げたくないと？

（果たして、なにゆえ……）

――気がつくと、小野寺たちは奉行所の前まで着いていた。

門のところには、たづがいた。

また門番にすがって泣き喚《わめ》いていたのだ。

（やはり、憐れ……）

死んだ亭主に裏切られ、町奉行所にも騙され、新任奉行の駿河守もこの者を救う気は無いという。

「小野寺、情に流され真相を打ち明けたりするでないぞ」

「わかっております……」

奉行に言われずとも、わきまえている。

奉行所内部の不祥事、軽々しく表に出すべきではない。町奉行所と公儀の威信にかかわる。善意であろうが、より大きな災いの種となるだけだ。

そのくらい、小野寺も理解していたつもりだったが……。

(――駄目だ。我慢できん!)

門の前では門番がたづを蹴り飛ばしていた。相手するのを面倒臭がったためらしい。乱暴な振舞いだが責める気は起きない。むしろ、よく我慢した方だ。裏門を使う小野寺は詳しく知らぬが、おそらくたづの奉行所詣では毎回、このように足蹴《あしげ》で追い返されて終わっていたはず。きっと、いつものことであろう。

だが、それでも、いや、だからこそ彼は――、

「おたづよ……」

我慢ならずに、たづの前に飛び出すや、

「すまぬ!」

と、地べたに跪《ひざまず》き、深く頭を下げていた。

土下座である。

奉行のするそれを心から軽蔑していた小野寺であったが、自然と体が動き、この姿勢を取っていたのだ。

武士として、人間として、もっとも低いこの姿を。

そんな姿を目にしたたづの反応は、

「……なにゆえ、謝っておられるのです?」

意外なほど冷淡なものであった。

「やはり、あたしの亭主は殺されたのでございましょうか？　それが今になってわかり、改めて下手人を探してくださることになったので？」

「いや……」

そうではない。

亭主の竹五郎は殺されたのではない。それは本当だ。

「では、本当に酔って溺れ死んだと？」

「………」

この問いには、答えられぬ。先に述べたように奉行所と公儀の威信にかかわる。いや、それを抜きにしても真相など教えられぬ。

亭主が男色にふけった末に、妻子を捨てて心中したなど、どうしてこの女房に聞かせられよう。

小野寺が無言のまま土に額を着けていると、ずっとおとなしかった餅女房がいきなり声を張り上げた。

「どうして、なにもお答えいただけないのです！　いえ、なにも言えないというのなら、なぜ頭を下げるのですか！　同心の旦那様は、いったいなにを謝っておられるのです⁉」

その顔は、憤怒《ふんぬ》と憎悪に満ちていた。さっきまで門番に泣きすがっていた女と同一人物とはまるで思えぬ。

足蹴にされてもめそめそしているだけだったくせに、情けをかけた小野寺に対してはこれほどの敵意を見せるとは。

(しかし、この女房の怒りはもっとももなものだ……。言われてみれば、私はなにを謝っているのだ?)

戸惑いを見抜かれたのかもしれない。

彼の沈黙にたづはますます激昂《げきこう》し、近くに落ちていた小石をいくつか摑むや、

「このッ!」

小野寺の下げた頭に、力いっぱい投げつけた。

土下座中の無防備な月代《さかやき》に傷と痣《あざ》ができ、血が滲《にじ》む。

一連の光景を見ていた門番は、これまでは事態を理解できずにただ突っ立っていたが、同心が怪我《けが》を負わされては捨て置けぬ。

たづを六尺棒で打ちのめし、奉行所内へと引きずっていく。――小野寺は土下座の姿勢のまま、遠ざかるたづや門番の怒声に聞き入ることしかできなかった。

どうやら最悪の選択をしてしまったらしい。

「おたづは、儂がすぐ解き放つよう命じておこう」

「お奉行……」

奉行に声をかけられても、彼はまだ顔を伏したままであった。

鉛のように額が重く、頭を上げることができなかったのだ。

「お主は奉行所内で頭の傷を手当するがよい。しばらくの間、痛々しい痕《あと》となるかもしれぬ。――ふふ、よく見れば赤痣が月の兎《うさぎ》模様のようであるな。さすが月代というだけある。とはいえ、お主の背ならばそうそう目立つこともあるまい」

「は……」

『痛々しい痕』というのはそのままの意味か、あるいはなにかの喩《たと》えであったのか。

「しかしな小野寺、憶《おぼ》えておけ。おたづはもっと傷ついた。体だけでなく心もだ。それはお主のせいであるぞ」

「……存じております」

突然の厳しい言葉。

平伏していたために奉行の顔は見えなかったが、本当にあの牧野駿河の発したものか？　にわかには信じがたかった。

「いいや小野寺よ、お主はなにもわかっておらん。若いから仕方ないのであろうな。武士の世界――否、武家町人を問わず一人前の男の世界では、ただ謝るのにも腕が要る」

「謝るのに、腕……？」

「そうだ。男の頭というものは、天の機、地の利、人の技、すべてを駆使して下げねばならぬ。――この有り様を見よ。頭を下げたお主はもちろん、下げられたおたづも傷を負った。真《まこと》に相手のためを想《おも》うなら、技量《うで》なくして謝ってはならぬのだ」

そうだ。お奉行が正しい。その通りだ。

普段なら納得のいかぬ言葉であったろう。しかし、たづのことを思うと今は心の臓を抉《えぐ》られるようでもあった。

顔を上げると、自分の頰に涙が伝う。いつから泣いていたのだろうか。

「……拙者が間違っておりました」

「わかってくれたか」

「は、ですが――」

ですが、と、この期に及んで食い下がる。

うっすらと、でしかないが――本当は最初からわかっていた。他人に詫《わ》びるというのは簡単なことでなく、しくじれば逆に全てを台無しにしかねない。

奉行ほど明確な言葉にできていたわけでないとはいえ、小野寺とてまったく知らぬことではなかった。人の心の機微に鈍い彼とて、これまで廻り方同心として多くの悲しみに触れてきたのだ。

しかし、それでも……。

「それでも、せずにはおられなかったのです」

ひざまずき、たづに謝らずにはおられなかった。

技術も理屈も計算もない。ただ体が勝手に動いていた。

ひたすら純粋な衝動と、それに基づいての行動である。自分を止めるどころか疑問すら持つ余裕もなかった。

悲しいと涙が出るように、怖ろしいと震えるように、たづの姿を前にした彼は、ただこうして土下座をしてしまったのだ。

小野寺の涙ながらの反論に、奉行の返事は――、

「そうか」

の、ただ一言のみであった。

その後、ふたりは表門から奉行所に戻る。

すでに表は暗いというのに、中は妙に騒がしかった。

「どうした、なんの騒ぎであるか？」

奉行の問いに、与力の梶谷が答える。

「は、廻り方同心の鈴木のことで」

「鈴木がどうしたのだ？」

鈴木は、竹五郎の一件で鍵となる男である。この同心はおそらく全ての真相を知っていた。

いや、むしろ先代奉行から頼まれて竹五郎の死因を隠した張本人。

そんな男が、なんと……。

「廻り方同心十一位の鈴木信八郎、どうやら何者かに力ずくで連れ去られたようなのでございます」

今、このとき、真実を知る者が攫《さら》われるとは。

決して偶然ではあり得まい。

幕間の肆

もと北町奉行である鍋島内匠頭直孝は、まぎれもなく正義の人だ。

世間の評判通り、なによりも法と公正を重んじる。——なので息子が心中した際、腹を切って世間に詫びようと考えていた。

だが実行はしなかった。

阿部派の動向が気がかりであったためだ。当時すでに、内匠頭が目付に就くことは決まっていたが、彼が死ねば水野派の目付は一人減る。

昨今は、倹約のために目付の数を一人減らそうという話も出ている。

もし鍋島内匠頭が目付に就くのを断れば、これを機に八人だった目付衆は七人となり、水野派と阿部派の人数比は三対四となっていたはず。

途中で役を辞しても同じこと。やはり人数は減らされよう。今は隙を見せてはならぬときだ。

(阿部派の者どもに公儀の実権を握らせてはならん……。そのためならば生き恥くらいは晒《さら》してみせようぞ)

老中阿部伊勢守《いせのかみ》とその一派は異国との貿易を拡大し、欧羅巴《ヨーロッパ》の進んだ武器を買い集めて軍備を増強せしめんと主張している。

耳触りはよいが、内匠頭は知っていた。清《しん》も印度《インド》も似たようなことをして国を乗っ取られておるのだ。高額の武器を買い続ければ富を国外に垂れ流し、結果として国を売り渡すことになる。

〝大御所老〟水野越前守の一派にも問題があるのは知っているが、それでも、まだましというものであろう。

この日《ひ》の本《もと》を守るために、彼は目付であり続けなければならない。

なので——、

(竹五郎の一件、真相を知られるわけにはいかんのだ)

ことに、阿部派の者どもには。

伍「同心さらい（前編）」

一

日はすでに暮れかけ。

夕焼けを通り越して薄暗い。しばらく早帰りが続いていたから、こんな刻《とき》まで働くのは久しぶりのこととなる。

遠くで烏《からす》の親子が鳴く中、奉行の部屋にて小野寺は思う。

（今にして思えば、先代お奉行に『新お奉行が竹五郎の件を調べ直すらしい』と報《しら》せたのは、すずしん殿であったのだろう）

だから先代奉行の鍋島内匠頭は、これほど早く奉行所内の事情を知ることができたのだ。そうでなくば、その日のうちに当代奉行を呼び出すなどできるはずがない。

（そのすずしん殿を、果たして誰が攫ったというのだ……？）

たまたま目にした町人たちによれば、浪人者やごろつき風などがらの悪い男たち七、八名に連れ去られたのだという。

まさか先代奉行が口封じのために？　そうでなくば——。

しかめ面で考え込む小野寺に、当代奉行の駿河守が菓子盆を差し出す。

「これでも食え。甘いものを食べると頭が冴《さ》えるぞ」

「は、ありがたく……」

いつぞやと同じく落雁《らくがん》だ。

ここしばらくの癖で、無意識のままふたつ摘《つ》まんで懐紙《かいし》に包む。奉行は笑っていたが、小野寺は自分がなにをしたのか気づいていないため、なぜ笑われているのかが理解できていなかった。

——と、そんなとき。

「お奉行様、失礼を」

すうっ、と襖《ふすま》を開けて入ってきたのは夜目鴉の菊であった。

この老女、大胆な。

つい十日ほど前にお縄となり、現在はひそかに自由を与えられているだけの身でありながら、ただの飯炊き婆《ばば》であるかのようになんの気がねもなく奉行所内をうろついているとは。

まだ顔を憶《おぼ》えている者も所内に多いはずであるのに、これほど堂々としていると逆に見つからぬものかもしれぬ。

「どうした、お菊よ？」

「小野寺様のお小者様が、裏門の方に参られました」

『気になることがある』と別行動を取っていた辰三が？

（何かを掴んできたか？　それとも、まさか『おすゞが待っているから、そろそろ帰ろう』と誘いに来たのではあるまいな？）

小野寺は自分の小者に会いに行くべく席を立つが――、

「小野寺様、向かわれるには及びません。なにやら急ぎのようでしたので、こっそり中へと連れて参りました」

ますます勝手なことをする婆あであった。小者は奉行所へは立ち入れぬ決まりとなっているのに。

菊に「ほれ、お入んなさい」と招かれるままに現れたのは、おなじみのつるつる猪。いつもの仏頂面のままながら、初めて中に入った奉行所内が珍しいのか、奥まった目をきょろきょろとさせていた。

奉行は手ずから座布団を一枚出して辰三に勧める。

「辰三よ、そこに座って話を聞かせよ」

「へえ、名前を覚えていただいたとはもったいねえ。しかも座布団たァ……」

本来、この男の身分では、武士の前で座布団を使うことなど許されぬ。

規範や権威というものを重んじぬ牧野駿河ならではのことであるが、これについては口うるさい小野寺もむしろ敬意の念を抱ける部分であった。

「いいから座るがよい。頭も上げよ。この奉行所で床に頭を下げてよいのは、罪人の他はこの儂だけよ。それで、なにを報せに？」

「へえ、実は……」

辰三は奉行を前にした緊張から全身を強張《こわば》らせていたが、やがてごくりと息を飲み込んだのち、報せを告げる。

「番太の鶴八が、怪しい連中に攫われやした。相手は全部で七人、浪人五人にやくざモン二人でごぜえやす」

「なんと！」

なんと、と声を上げたのは小野寺であったか奉行であったか。

いずれにせよ、驚くべき報せである。——鈴木信八郎《しんぱちろう》に続き、浅草かっぱ橋前自身番屋の鶴八までもとは。

立て続けに竹五郎河童の関係者が攫われるなど、やはり偶然ではあり得まい。

「果たして、何者の仕業なのか……」

その小野寺の呟《つぶや》きに対して辰三は、

「南町奉行所の仕業でさ」

あまりにさらりと、信じがたい答えを口にした。

南町が？　たしかに利害は一致する。南町奉行の遠山左衛門尉は阿部老中派。先代北町奉行の失態を暴けば、すなわち自派の利となる。

鈴木と鶴八を拷問で締め上げれば、真相を突き止められよう。

しかし、だからといって、まさか町奉行所が人攫いなど……。

「辰三、大それたことを軽々しく言うな！　根拠や証拠があるというのか？」

「へえ、ありやす。旦那と財前様が鶴八を放してやるとき、あっしはチョイと虫の知らせがして、陰から後をつけたんでさ」

「鶴八をか？」

「いえ、財前様をでさ」

〝花がら孝三郎〟こと財前は尾行の名人。その後をつけるとは、さすがは辰三といったところだ。

「そしたら案の定。財前様が浪人やらやくざやらに命じて鶴八を襲わせやがったんでやす。あっしが尾行してなきゃ、財前様が一枚噛《か》んでるたぁ誰にもばれなかったはずでさあ」

今の話だけでは奉行所ぐるみの仕業とは言い切れぬが、財前個人には鶴八を連れ去る理由がない。

ここは南町奉行の遠山左衛門尉が裏にいると考えるべきであろう。

「それで鶴八はいずこに？　南町の奉行所か？」

「いえ、それが面目ねえ……。途中で見失っちまいやして。浅草の奥の方へ向かうのは見たんでやすが」

最後の詰めは無念であったが、この男が見失うのなら他の者でも同じはずだ。

奉行の駿河守もそれを理解していたらしく、話を聞いて、

「うむ、よくやった」

と辰三を褒め称《たた》えた。

「しかし南町の左衛門尉殿、ずいぶん乱暴な手を使う。感心できぬな」

さすがは悪名高き〝いれずみ金四郎〟、荒ごとに躊躇《ちゅうちょ》がない。

それと、話を聞いた小野寺には、もうひとつ気になることがあった。

（我ら北町の中のできごとが、さすがに筒抜けになりすぎではないか？）

先代奉行の鍋島内匠頭に報せていたのは鈴木信八郎であったのだろう。

では南町奉行の遠山左衛門尉に報せたのは？　小野寺が竹五郎河童の件を調べ直していることや鈴木同心が鍵であることを誰が南町に教えたのか？

（北町奉行所内に、南町の間者《かんじゃ》が……？　裏切り者がいるというのか？）

そのようなことを考えていると、

「――お奉行、伺いたきことが」


と、また襖が開く。

いたのは、ぎょろりと大きな目をした四十男の同心であった。

名を百木《ももき》といい、廻り方の序列一位。隙のない仕事ぶりと細かい気配りができることで知られている。小野寺との折り合いは別段よいわけではなかったが、その捕り物における手際は、しゅうとめと呼ばれた彼でさえ文句のつけどころのないものであった。

「どうしたのだ？」

「小野寺も一緒とは話が早い。先ほど門番が引っ立ててきた、竹五郎の女房たづでございますが……」

たづは気の毒に、門番にさんざん六尺棒で殴られた挙句、奉行所内の牢《ろう》に放り込まれていた。

（さっさと出すよう取り計らってやらねば。――それとも、むしろ、しばらく牢に留《とど》めておくべきであろうか）

竹五郎の件の関係者だ。南町に攫われかねぬ。

（……いや、心配しすぎか。真相を知っている鈴木や鶴八と違い、たづはなにも知らぬからこそ何度も奉行所に来ていたのだ。わざわざ狙う意味がない）

とはいえ用心に越したことはあるまい。念には念を押すべきだ。

そのまま牢内に留めておいてほしいと、小野寺は伝えようとするが――、

「あの女、先ほど牢から出ていったのですが、お奉行が出すようお命じなさったので？」

「――っ？　儂は知らぬぞ」

無論、小野寺も聞いていない。

しかし、この百木によれば、正式な書類《かきつけ》にて牢から出すよう奉行の指示があったという。

「先ほど牢に書きつけが回ってきて、見張り番たちがたづを釈放したとのことでございます。手続き上問題はないのですが、どうにも気になり確認をしに参った次第で」

「うむ、よくぞ気がついた」

さすがは序列一位。

ただ、よく気づきはしたが手遅れだ。小野寺は唇を噛み締める。

（これは……やられたのか⁉　この短い間に、わざわざ牢から連れ出して？）

表に出れば、すでに夜。

小野寺は辰三を連れて、あたり一帯を探したものの、たづの姿はどこにもない。

念のため、わざわざ下谷《したや》にあるたづの長屋まで出張ったが、やはり帰ってはおらず、
部屋では子供たちが腹を空《す》かせて泣いていた。

「やられたか……」

「そのようでやすな」

なんという失態。なんという油断。

また攫われた。たづは南町の手に落ちたのだ。

二

翌朝四つ、牧野駿河守は小野寺を供に連れ、南町奉行所を訪れた。

たづや鈴木をかどわかした件を、南町奉行に問い詰めるためである。

「小野寺よ、こう言ってはなんだが、なんとも奇なるものであるな。かんのん盗のときとは立場がちょうど逆さまになる」

「そうでございますな」

あのときは押しかけられる側であったが今度は逆だ。

やはり当時と反対に、今回は駿河守と小野寺が客座敷で座って待たされた。——朝一番であるため仕度が間に合っていないのか、あるいはどこぞの奉行と同じく、相手の意気を逸らすためにわざと遅れる気であったのか。

「おっ、あれを見よ。懐かしいぞ」

「あの観世音菩薩《かんぜおんぼさつ》は——!!」

小野寺が目をやれば、そこには見覚えのある菩薩像があった。

いつぞやの偽の陶製観音だ。ただし、その全身はひびだらけで、どうやら一度叩き割られたものを銀で接いで直したらしい。

（さては大番頭《おおばんがしら》様、偽物と知らず、皆の前で割って中から誓紙を取り出そうとしたのだな……。ただ、わからぬのは、わざわざ直して飾る理由だ）

南町奉行は、なにゆえ座敷の目立つ位置にこれを置くのか。

義叔父に恥をかかせたという、この観世音菩薩を。

と、ちょうどそのとき襖が開き、

「――義叔父の口惜《くちお》しさを忘れぬよう、こうして目立つところに飾っております」

現れたのは、まさしく狐顔の南町奉行、遠山左衛門尉であった。

あまりにも自然な会話への入りよう。――どうやら外にて聞き耳を立て、部屋に入る機を窺《うかが》っていたらしい。

「ちなみに修繕した職人によれば、これは観世音でなく実は月光《がっこう》菩薩であるのだとか」

言われて、小野寺も初めて気がついた。

たしかによく見れば月光菩薩。かんのん盗の一件がらみであったため、つい観世音菩薩と思い込んでいた。

遠山左衛門尉は、こうして不意の登場で軽く機先を制した上で、

「駿河守殿、お待たせいたしましたな。それで今朝はいかなるご用件で？」

と今さらながらに挨拶の辞儀をする。

この男の手なのであろう。さすが一筋縄ではいかぬ。

だが牧野駿河はいつもの寝ぼけえびす顔のまま辞儀を返して用件を切り出す。

「用ならばおわかりでございましょう。同心の鈴木と番太の鶴八、そして植木屋竹五郎の女房たづ、この三人を解放していただきたい」

「ホウ、駿河守殿、異なことを。その三名が何者かにかどわかされたというのは独自の筋より私の耳にも入っておりますが――」

『何者かに』『独自の筋より』とはしらじらしいにもほどがある。

脇で聞いていた小野寺は、腹立たしくて仕方がない。知らず知らずのうちに行儀悪く畳に爪を立てていた。

左衛門尉は言葉を続ける。

「しかし駿河守殿は私を下手人扱いなさると？　なにか証拠でもお在りですかな」

いいや。残念ながら証拠と呼べるようなものはない。

小者の辰三が見たというだけだ。さすがに罪は追及できまい。――左衛門尉の口角

が、ぴくりとわずかに吊《つ》り上がる。狐面らしい笑みで駿河たちを嘲《あざけ》っていた。

「ふふ、証拠も無しに怒鳴り込んでおいでとは。とはいえ、まあ……もし私が人に命じて三名を攫わせたというのなら、その目的は明白でしょうな」

「と、申されると？」

「いずれも先代北町奉行、鍋島内匠頭殿の秘密に関係する者たち。北町同心の鈴木と自身番屋の鶴八を攫って、どこかで責め立て真相を聞き出せば、阿部様派は大きく優位となりましょう」

「そのふたりはともかく、竹五郎の女房おたづはなにゆえに？」

「さあ、私は下手人でないので、これは『たとえば』の話ですが――。南町が月番になるまで、およそ半月。それまでたづ女をどこかへ閉じ込め、町奉行所に訴えさせるつもりではありませんかな」

　正式な手続きを踏み、公の記録に残る形で『亭主の死の真相を北町は隠していた』と訴えさせるというのだ。

　しかも訴えを受けるのはこの左衛門尉。千代田のお城中が河童騒動の真実を知り、鍋島内匠頭は目付職から外されることになろう。

「なるほど左衛門尉殿、その手で来られますか」

「いやいや、『たとえば』の話。――ただ、これもやはり『たとえば』ですが、たづ女を攫ったのは北町や内匠頭殿が殺して口封じできぬよう匿《かくま》っているということでもあるのでしょうな」

なんとも無礼千万な話であった。北町がたづを殺すとは。

だが、もし遠山左衛門尉が逆の立場であればそのくらいの手は使うはず。また鍋島家中《かちゅう》や北町奉行所にも『始末してはどうか』と提案する者くらいはいるかもしれぬ。

さすがは狐、抜かりない。

〝いれずみ金四郎〟は、件《くだん》の笑みを張り付かせたまま言葉を続ける。

「ときに駿河守殿、これを機に貴殿も阿部様派に加わられてはいかがですかな？」

「拙者が？」

「ええ。よかったら私が口を利いて差し上げましょう。ただし、今後は河童の件に手出しは御無用。それと、ついでに我が義叔父の件も謝罪していただきましょうか」

昨日、鍋島内匠頭に『水野派に入れるよう口を利いてもいい』と誘われたが、今度は阿部派で同じことを言われるとは。

小野寺は傍で聞き、『もしや、お奉行は裏切るのでは？』と不安になった。

水野派からの誘いとは意味が異なる。遠山左衛門尉の思惑が成功すれば阿部派は目付の数で上回り、幕府の実権を握るはず。閥に入ることで得られる権益はけた違い。

おまけに、ふたつの交換条件のうち片方は『謝罪』だという。

この牧野駿河にとって、それはなにより容易なことであるのだ。

「いかがで？」

しかし当の駿河は左衛門尉の誘いを――、

「お断りいたす」

と、はっきり断った。

あまりに意外。

この北町奉行駿河守、未来の栄光よりも正義と真実を選ぶというのか？

「ほう？　駿河守殿は、阿部様派はお嫌いですかな？」

「いいや、阿部様は関係ござらん。ただ、謝るのが嫌なので」

「〝どげざ駿河〟と呼ばれたお方が⁉」

遠山左衛門尉は、思わず細い目を見開き、あっけに取られる。

駿河守の後ろで小野寺も、同じ目、同じ顔で驚いていた。まさか、この奉行が『謝るのが嫌』だとは。

「駿河守殿、ご冗談を」

「いやいや冗談ではありませぬ。この牧野駿河守成綱《なりつな》、自慢でないが生まれてこのかた少なく見積もり、ざっと一万回は人に土下座をしておりますが――」

たしかに自慢ではない。多すぎる。だが、その上で、

「しかし、人に言われて頭を下げたことは一度もござらぬ！」

ぴしゃり、と告げた。

珍しく大声だ。それは雷のように鋭く鼓膜を通し、心の臓を貫いた。

そして駿河守は、その場にて――、

「ですが、これは大きな声を出して驚かせてしまった分と、証拠も無しに下手人扱いした分でございます。ご無礼いたした」

と、ぺこりと土下座する。

南町奉行や大番頭のためには謝れずとも、他のことならば気軽に頭を下げるという。

この土下座は、遠山左衛門尉の怒りに火を点《つ》けた。

能面のようであった彼の顔が、憤怒によって大きく歪《ゆが》む。

――なのに駿河は、意にも介さず席を立つ。

「では、これにて失敬を。――小野寺よ、おいとまするぞ」

「はっ……」

怒気の炎を背に受けながら、ふたりは南町を後にした。

牧野駿河と小野寺は、昨日と同じく駕籠だけ先に帰らせて、ふたり並んで帰路につく。

「小野寺よ、気づいておったか？　左衛門尉殿、ずっとお主の頭を気にしておったぞ」

「頭？　ああ、月代ですか」

昨日、たづに石を投げられた傷や痣だ。

一晩経《た》ったら目立たぬようになるかと思いきや、かさぶたになったり痣が腫れたりと、前よりも目につくようになっていた。

しかも綺麗《きれい》好きで丁寧に剃《そ》られた青月代であるからこそ赤い痕がよく目立つ。

「それほど見られておりましたか？　拙者は気づきませんでした」

「悟られぬよう、横目でちらちらと見ておったのだ。――だが、その頭が左衛門尉殿の気を引いてくれたおかげで、儂は落ち着いて話をすることができた」

奉行はからからと笑っていたが、本当かどうかは小野寺にはわからない。

石を投げられた彼を慰める出鱈目《でたらめ》なのかもしれなかった。

「ともあれ、おたづや鈴木のかどわかし、やはり左衛門尉殿の仕業のようだな」

「はい。惚《とぼ》けてはおられましたが間違いないかと」

向こうも隠す気などはあるまい。

証拠を摑ませぬ自信があって、あのように挑発めいた発言をしたのだ。さらには証拠があろうと揉《も》み消せる自信も。

「では、儂と左衛門尉殿の勝負となろう。小野寺よ、お主は攫われた三人の居場所を見つけ、助け出せ」

「はっ。お任せくださいませ!」

今日は驚くことばかりだ。まさか、これほど強気な命《めい》が〝どげざ奉行〟の口から下されるとは。

難題ではあったものの、小野寺は心躍るような気分でもあった。

「ですがお奉行、たづや鈴木を助け出したとして、それで遠山左衛門尉様の罪を問うことはできるのでしょうか? それに先代の鍋島内匠頭様についてはどうなさるおつもりで?」

「うむ。そちらの方は儂に任せよ。このあと千代田のお城に行く。——はは、土下座の虫がむずむず疼《うず》いてきおったぞ」

この奉行、やはり土下座で片をつける気であるらしい。

「この一件、儂は残り三土下座といったところであるな」

『三土下座』とは初めて聞く数の単位だが、ともあれ今は奉行の土下座が頼りであった。

三

気がつけば、もう午後である。

奉行と別れた小野寺は、一旦屋敷に戻って浪人風の姿に着替えた上で、辰三や菊と合流する。

変装は菊に言われてのことだ。辰三も十手は隠し、そこいらのごろつきを装っていた。

「小野寺様、変装などさせて恐れ多うございます。――相手には『同心の旦那が会いに行く』と伝えてありますが、万一、稼業の者にお役人と会ったのが知られたら、のちのち面倒になりますので」

「わかっている」

「では、こちらでございます」

夜目鴉の菊に案内されて、一同は神田裏通りにある長屋の一室にたどり着く。

障子戸の横には汚い字で『じもくどう』とだけ書かれた看板があった。

おそらくは『耳目堂』。

中に入ると、なにやらの書き損じを丸めた紙くずだらけの汚い部屋で——、

「申し訳ござァません！」

と、女がひとり、ひれ伏していた。

中年増の女だ。年のころは二十五、六。

かなりの美貌だ。まるで浮世絵から飛び出てきたかのよう。色白で、その白さゆえにそばかすが少々目立つが、それもまた新雪に猫の歩いた跡がついているかのごとくで風情があった。——ただ、身なりについてはあまり褒められたものではない。

朝でもないのに寝間着用の襦袢《じゆばん》姿で、髪もクシャクシャの寝ぐせだらけ。おまけに、とっくに春というのに綿入れの半纏《はんてん》を羽織っている。

顔も洗っていないのか、白い頬には墨の汚れがついていた。

このだらしなさ、〝しゅうとめ重吾〟にとってはある意味、天敵であるとも言えよ

う。

（どうやら貧しさゆえでなく、ずぼらでこのような姿のようだな）

床に小銭が無造作に散らばっているので察しがつく。床に敷きっぱなしの煎餅布団も、ものは悪くはなさそうだ。

（しかし、顔も洗いもせずとは……）

この寝起き女、湯屋にひったてて無理やり三助《さんすけ》に引き渡してくれようか。——彼が眉根に皺を寄せていると、菊が横から教えてくれた。

「この娘が〝じもく〟でございます」

盗人《ぬすつと》どもが噂話を仕入れるのに使う聞屋《ぶんや》（情報屋）であるという。

「それはよいが、なにゆえ謝っておるのだ？」

「はい。このじもく、普段は瓦版の聞屋をやっておりまして」

語源の方の本物の聞屋。すなわち瓦版のために聞き込みをし、文面を書いて版元に持ち込む商いのことだ。

「江戸中の噂がこの娘のもとに集まり、人に話せる噂は瓦版の版元に、話せぬ噂は盗人や極道者《ごくどうもの》など裏稼業の衆へと売られていくのでございます」

「江戸中の噂とは、ずいぶんと凄腕なのだな」

しかし、なぜ小野寺に謝るのか？　じもくと呼ばれた女は、寝ぐせ頭をどこぞの奉行もかくやというほど深く下げ、額を床に擦りつける――。

「上野縄張りの同心様であられましょう？　かんのん盗の件では『野暮で口やかましい同心』などと書いて申し訳ござァませんでした！」

「なんと、貴様があれを書いたのか⁉」

なるほど理由がわかった。瓦版で悪く書いた仕返しをされるのではないかと心配し、それでぺこぺこひれ伏していたのだ。

「頭を上げよ。飛蝗《ばった》の土下座はよせ。跳ねて逃げるためだけの〝逃げの土下座〟に意味はない」

「ははあ……。さすが同心様、がんちくあることをおっしゃる」

受け売りだが、たしかに含蓄深いようにも思える言葉だ。

「そもそも貴様、盗人どもに噂を売りさばく方がよほど大罪である。本来なら許さぬところだが――今さら、そのことを責めたりはせん。なにせ攫われた者たちを助けるのを手伝ってもらわねばならぬのだからな」

「はい、植木屋の竹五郎がらみとなれば知らぬ顔はできません。瓦版で『河童の仕業』と言いふらしたのはあちしですので」

「あれも貴様であったか⁉」

「噂話を集めていたら北町のお奉行様がらみと知り、『こりゃあちしの手に負えない、裏で売っても厄場《やば》いから、せめて怪談で小銭を稼ごう』と……」

「なにが『せめて』だ」

だが、それでも竹五郎河童の一件、自力で真相近くまでたどり着いたという。

この女、思った以上に腕利きの聞屋であるらしい。

「それで、じもくよ。おたづたちの居場所に見当はつくか？」

これこそが、じもく堂を訪ねた理由。

黒幕は南町奉行の遠山左衛門尉だが、まさか南町奉行所の牢に閉じ込めてはいまい。そのようなことをすれば見つかったときに言い訳がきかぬ。

どこか別の場所に、おたづと鈴木、番太の鶴八は監禁されているはずだ。

「ええ。相手は、不逞《ふてい》の輩《やから》を十五人ほども使っているのでございましょう？」

「うむ」

鶴八を攫った者たちが七人、同じ時分に鈴木を攫ったのが七、八人。合わせて十五人前後ということになる。

「でもって、おたづたち三人を捕まえてるんでございましょ？　合わせてざっと十八人。広さがあって、そのような者たちが出入りしている場所、とりあえず三か所ほど心当たりがございます。ちょうど手下たちが見つけてきました」

「そうか！　では三か所とも教えてくれ。虱潰《しらみつぶ》しに当たってみよう」

このようにだらしのない女に手下がいるのも驚きだったが、ともあれ、さすがは腕利きの聞屋。三か所ならばすぐに回れる。

これで一気に話は済むと思いきや……。

「いえ、それはできません。全部を教えるというのは無理な相談でございます」

「なんだと？　なぜだ」

「『当たり』の一か所以外は、別の盗人や稼業人の隠れ家かもしれませんので」

おたづたちが攫われた一件は、役人同士の揉めごとだから力を貸してもいい。しかし盗人ややくざといった連中は客である。軽々しく裏切るわけにはいかず、また仕返しも怖ろしい。命がいくつあっても足りない。

「なので、無理というわけでございます」

じもくはそう説明し、また深々と頭を下げる。

やはり飛蝗《ばった》の土下座であるが、先ほどと違い『もし逃げられずとも決して教えはしない』という強い決意が感じられた。

「言えぬというのか……。だがじもくよ、それでは困る。なんとかならんか？」

「そう申されましても。もし三か所のうち、どれが当たりかわかるなら、あちしも教えることができますが」

無茶を言う。わからないからこそ訊きに来たのだ。

そもそも、その三か所がどこだか知らぬのに、当たりもなにもあるものか。

辰三が後ろから、

「この女、引っ立てて拷問《せめ》にかけやしょうか？」

と乱暴なことを囁く。――とはいえ悪くない手だ。小野寺も同心である以上、必要とあらば荒ごとは辞さない。

仏頂猪の小声が聞こえたらしく、じもくは「ひいっ」と震えだす。

しかし小野寺は――、

「拷問《せめ》は二番目の手だ。先に試すことがある」

他の方法を選ぶことにした。

頭の固いしゅうとめ扱いされている彼ではあるが、他人の立場をおもんぱかれぬわけではない。この埃女《ほこりおんな》にも裏稼業の者として絶対にできぬことがあるのだろう。

「余所を軽く突《つつ》くとしよう。――それと、じもくよ。少しは部屋を片付けろ。さもなくば、そのうちに我が妹を連れて押しかけ、塵《ちり》ひとつ残さず無理やり大掃除してくれるぞ」

これは『できぬこと』ではないはずだ。女は再び「ひいっ」と震えた。

四

その後、北町奉行所に帰った小野寺は、廊下にて、

「おや、戻ってきたか」

と、廻り方担当与力の梶谷に声をかけられる。

袖口には、またかぎ裂きができていた。前の穴を繕った糸がなにかで切れ、また裂け目が開いていたのだ。

「これは梶谷様」

「この大変なときに、どこへ行っていたのだ？　お奉行と組んでなにをしている」

『この大変なとき』というのは『鈴木が攫われて大変なとき』という意味であろう。

そういえば、なにも報せていなかった。

「梶谷様、その件ならば心配ご無用でございます」

「なにっ？」

「すでに拙者、すずしん殿らの囚《とら》われ場所を突き止めております」

「なんと！　それで、いずこに？」

梶谷は場所を訊きたがっていたが小野寺が、

「お奉行に口止めされておりますので」

と教えるのを拒むと、そのまいそいそと引き下がり、自分の部屋へと戻っていった。

（梶谷様、食い下がって刻《とき》を無駄にするよりも、さっさと動いた方が得であると考えたか……）

判断の早さ、さすがである。――だが、これも予想の内だ。

小野寺の言葉は、嘘である。

本当はまだ鈴木やたづらの居場所はわかっていない。

だが、もうじき判明しよう。

梶谷が南町奉行の遠山左衛門尉へと報せるからだ。

（梶谷様が南町の間諜であるはず……。あの袖のかぎ裂き、そうとしか考えられん）

近ごろ、奉行の部屋の襖には、小さなささくれの棘《とげ》が突き出ていた。

足元一尺あたりの位置だ。普通に出入りする分には気にならぬが、中を覗《のぞ》こうと身をかがめると袖がちょうど引っかかり、気づかぬうちにかぎ裂きの穴が開く。

梶谷の袖にいつも破れ目ができていたのは駿河守を監視していたためであったのだ。

(他人の身だしなみを気にする悪癖が、ここで役に立つとはな)

口うるさい〝しゅうとめ重吾〟ならではの手柄であろう。

梶谷から『場所を知られた』と報された〝いれずみ金四郎〟は、なんらかの動きを見せるはずだ。鈴木やたづを余所へ移すか、あるいは、しばらく警備を固めて様子を見るか。

そうなれば、もうこちらのもの。

今、隠れ家とおぼしき三か所は、小野寺の要請により、じもくの手下が見張っている。動きがあれば特定できる。あとは、ただ待つだけだ。

実を言えば、小野寺重吾はこのように複雑な罠を思いつける男ではない。本当は梶谷を殴って隠れ家を聞き出す気であった。

しかし辰三や菊から『いくらなんでも乱暴がすぎる』『梶谷様は居場所を知らないかもしれない』と反対され、皆でこの方法を考えたのだ。

——ともあれ、およそ一刻後。日も落ちたころ。

じもく堂近くの飯屋で腹ごしらえをしながら待っていると、辰三が報せにやって来た。

「旦那、場所がわかりやした。浅草の奥にある百姓家でやす」

「相手の人数は？」

「十五人とのことでさあ。今、別の隠れ家に移る仕度の最中らしいんで、急がねえと引っ越しが終わっちまいやすぜ」

話を聞くや飯屋を飛び出し、駆け足で浅草へと向かう。

十五人が相手となると、さすがの小野寺でも手に余ろう。道を急ぎつつ、途中で目についた番屋に寄って、北町奉行所に応援を呼ぶようことづけた。

──ただし、あてにはなるまい。

廻り方同心を束ねる与力の梶谷は南町の間諜。

おまけに自分はただでさえ嫌われているというのに、鈴木との揉めごとで普段以上に奉行所内の人望を失っている。

いざとなれば、ひとりで十五人と斬り合わねばなるまい。

五

同時刻、江戸城内。

窓から外を見上げれば薄闇に冷ややかな月が浮かぶ。満月である。

北町奉行牧野駿河守は〝松風の間〟にいた。

この十畳敷きの小部屋は、老中ほか大物幕閣が仕事に使う部屋のひとつ。——ただし正式な執務のためのものでなく、主に記録に残さぬ来客と会うのに用いる場所だ。

いわば密談用の客間であった。

駿河守がこの部屋に来てから、もう半刻近くも経っていたが……、

「待たせたな、駿河よ」

やっと部屋の主が姿を見せた。

水野越前守忠邦《ただくに》。人呼んで〝大御所老〟。

もと幕府老中にして『天保《てんぽう》の改革』の立役者。千代田を二分する閥のうち、当然ながら水野派の頂点である。

その瞳は気力と野望に満ち溢《あふ》れ、雷光がごとく輝いていた。

「これはこれは水野越前守様、急なお目通り、ありがたき幸せ……」

「挨拶はよい。儂の取り巻きどもが困っておったぞ。『駿河守がいきなり来て、会わせてくれと土下座している』とな」

これが〝三土下座〟のうち一土下座目。

城内にいた水野派の者たちへ土下座をかまし、強引に取り次がせたというのだ。

「それで、何用か？」

「先代北町奉行にして現御目付衆、鍋島内匠頭殿の件にて」

「内匠頭？　あやつがどうした？」

水野越前の皺だらけのまぶたが、ぴくり、と引き攣《っ》ったようにも見えた。

この表情、真実を把握していたのかもしれぬ。だとすれば鍋島内匠頭の一件は、さぞかし頭痛の種であったろう。

〝どげざ駿河〟と呼ばれた男は、窓の月に照らされながら、頭を下げることなく堂々胸を張りつつ言い放つ。

「鍋島内匠頭殿のご失態、拙者が『河童の仕業』で済ましてごらんにいれましょう」

陸「同心さらい（後編）」

一

浅草という地は、上野と接する表通りからほんの少し奥へ入るや、すぐにだだっぴろい湿地となる。

そもそも『浅草』というのは本来、沼の淵《ふち》に生える雑草のこと。夏ともなれば、あちこちで一斉にボウフラが湧く。一説によると江戸の蚊のほとんどは、この地で発生するという。

病の元凶となるし、土地を遊ばせておくのはもったいないと大規模な開発が進められてはいるのだが、予算難もあって浅草全土が非湿地になるのはまだまだ先のことであろう。

「うへえ、草履《ぞうり》が泥だらけでやすな」

「文句を言うな。私など先ほど犬の糞《ふん》を踏んだ」

すでに夜更け。空には満月。

小野寺と辰三は、提灯《ちょうちん》ひとつでぬかるみだらけの道を行く。湿った糞が指の間に入って不快なものの、足を止めている余裕はない。

ただただ草と泥がひろがる浅草湿地だが、ときたま浮島のように田畑があり、その脇には百姓の家屋や納屋がある。

ふたりが目指すのは、そんなまばらに点在する百姓家のひとつであった。

（なるほど、いかにも悪事を為《な》すための隠れ家がありそうな場所だ）

灯《あか》りのついている家の中には、他にも盗人や不逞の輩の根城があるのかもしれない。

「旦那、そろそろ提灯を」

「うむ」

灯りを点けたままでは接近に気づかれる。別の百姓家へと入っていくふりをしながら提灯の火を吹き消した。

あとは月明かりだけが頼りだ。

満月で明るいのは助かるが、それでも提灯なしでは足元はおぼつかず、なのに相手の見張りからは見つかりやすい。

悪条件ばかりの中、小野寺たちはじもく堂から聞いた家へと向かう。

「私は闇に紛れて、南町の雇った者どもを不意討ちする」

「……本当に、あっしはやり合わなくていいんでやすね？　これでも囮《おとり》くらいならできやすが——」

「構わん。いつものように手伝い無用だ。ひとりの方が剣を振るいやすい。邪魔にならぬよう離れておれ」

むしろ囮は、小野寺自身。

彼がひとりで突入し、その騒ぎに乗じて辰三が囚われているおたづたちを逃がすという算段であった。

「三人まとめて助けられぬ場合は、おたづ、鶴八、すずしん殿の順で逃がすのだぞ」

「これまた、よろしいんで？　普通、ご同僚の鈴木様を一番にするんじゃねえですかい？　身分の順から考えて」

「いいや、廻り方同心で侍なのだ。悪いが覚悟を決めてもらおう。番太はその次に覚悟。ただの町人の女房が最後まで覚悟せずに済むよう、我らが代わりに覚悟をするのだ」

その意味では、最初に覚悟を決めたのは小野寺本人であったろう。

十五人相手に討ち死にすることも、不意討ちなどという不名誉な手を用いることも、気に留めぬと決めていた。妹の顔がまぶたの裏に浮かばぬよう、両目をかっと見開き夜道を急ぐ。

辰三も同様、血走った目を見開いていた。人質を逃がそうとしているのが見つかれば、この猪も殺されよう。

（こやつにも苦労をかける……。幼いおすゞを置いて死にたくはないであろうに）

だが足取りは緩めない。自分の命も小者の命も等しく軽んじねばならぬ。これが十手持ちたる者の生きる道であり死ぬ道だ。

やがて一町ほど先に、一軒の大きな百姓家が見えてきた。

じもくから聞いた通りだ。かつて羽振りのよかった百姓が博打《ばくち》で身を持ち崩し、今では誰も住まぬ屋敷のみが残っているという。

そんな廃屋敷から、見たところ十数名の男たちが、夜中というのに荷物を運び出そうとしていた。――『荷物』は拷問《せめ》に使う縄や棒切れ、石抱き用の石板など。それと、縛られた人間も三人いる。

（仕事が早いな。新しい隠れ家を用意して人質や荷物を移動させるというのは簡単な

ことではないというのに）

朝方までかかると思っていたが、もう前の隠れ家を捨てる直前だとは。

さすがは〝いれずみ金四郎〟遠山左衛門尉といったところか。

（――しかし、こちらにとっては好機！　戸締りされた屋敷に押し入るより、今の方が不意討ちし易《やす》い）

相手は、まだこちらに気づいていない。

敵は南町奉行の集めた不逞の輩十五名。奇襲であらば生きて帰れるかもしれぬ。

小野寺はそろりと静かに刀を抜いて右手片方のみで摑み、同時に左手は十手を握る。

いつもの片十手二刀流。

月が反射して光らぬよう刀身を羽織の袖で隠しながら、男たちへと駆け出した。

――が、そのときである。

「――気ぃつけなあッ！　〝しゅうとめ重吾〟がここにいるぞぉッ！」

突然、叫び声が上がった。

しかも、なぜか小野寺の真後ろから。

不逞一同は、声のした方へと目を向けるや、剣や匕首《あいくち》を抜いて身構える。奇襲は既に失敗していた。

小野寺には、振り返らずとも声の主が誰だかわかった。

聞き慣れた声だ。おそらくは北町奉行所を出たときからずっと何刻も後をつけ続けていたのだろう。

そのような真似《まね》ができる者、辰三以外には一人しか知らぬ。

「……財前か」

「ご名答」

南町奉行所廻り方同心序列六位にして尾行の名人、〝花がら孝三郎〟こと財前孝三郎であったのだ。

「後ろにいるとは気づかなかったぞ」

「オウ、そうだろ？　いつもより丁寧に気配を消したからな。手ごわい辰三の野郎も出し抜けた。——あとはおめえだけだ」

この花がらにとっては、剣の達人である小野寺よりも辰三の方が手ごわい相手であったらしい。

とはいえ今の状況では、その判断は極めて正しい。小野寺重吾がいかに強かろうとも人数で押せば恐《こわ》くはなかった。

相手は浪人十人とやくざ者五人、同心一人。

しかも同心は財前だ。この男も南町で一、二を争う剣士である。

「せっかくお奉行の集めた連中だしよォ、本当ならこいつらに任せてもいい。けど重吾、おめえとはこれでお別れだろうからな、いっちょ俺が自ら相手してやらァ」

着物と同じく花模様の赤漆鞘《あかうるしざや》から、すらりと勢いよく剣を抜く。

しかも大小、一度にだ。

小野寺と同じく二刀流。――片十手ではなく両手剣であったが、その構えは極めて似ていた。

当然である。この異形の剣法を編み出したのは小野寺であるが、その原型となったのは、親友同士であった双方の父親の創設した同心剣術。

まだ仲のよかった子供時代、小野寺と財前がふたり並んで教わったのだから、似た構えであるのは当たり前とすら言えた。

「重吾よ、最後に稽古したのはいつだっけなァ？」

「十四のときだ。忘れたか？　一本ずつの引き分けだった」

当時すでに不仲となっていたが、ふたりそろって元服した翌日に木刀で打ち合い、剃ったばかりの月代をお互い一度ずつぶっ叩いた。

あのときは互角であった。今はどうであろう？　十数年の間にどれだけ腕を上げている？

（無論、剣には自信があるが……）

一方で財前は不逞の手下どもを連れている。侍らしく一対一の決闘を挑んでいるような顔をしてはいるが、平気で後ろから襲いかからせるような男であると、幼なじみゆえに知っていた。

これでは常に背後に注意を払わざるを得ず、前方の敵に集中できない。

（やるな財前、厄介な）

真剣勝負だ。卑怯《ひきょう》とは思わぬ。

小野寺は剣と十手を左右に携え、じりり、とわずかずつ距離を詰める。

財前も同じだ。左右に大小を構えてにじり寄る。

近づくほどに、ふたりの構えは酷似していった。まるで鏡。得物がわずかに違うのみ。

だとすれば、この点でも優位にあるのは〝花がら孝三郎〟こと財前であろう。

左手《ゆんで》にあるのは小野寺が十手、財前が脇差《わきざ》し。

一見すると十手の方が、刃《やいば》を受ける鉤《かぎ》があるため防御に向いているようにも見えるが、実のところは逆である。

たとえば刀でも包丁でも、振り下ろされる刃物を立てた刃で受け止めると、がきん、いッという音と共に鋭く研《と》がれた鉄刃同士が互いにがっちり食い込んで、どれほど力を込めても離れない。

この現象を応用し、相手の剣を防ぐことができるのだ。刃こぼれさえ惜しまなければ、剣は最大の防具となる。

「重吾ォ、こんなときでも左は十手かァ？　さもありなンだ。おめえは袖の下を取らねえからよォ、脇差しが刃こぼれしたら直す銭がねえもんなぁ。貧乏同心のつれえとこだ」

「そんな理由ではない」

「へへ、だろうな。からかっただけさ。ほんとは俺を倒したあとで、もう十五人相手しなきゃなンねえからだろ？」

剣の刃というのは一人斬るたび切れ味が落ちていく。

小野寺の腕でも大刀だけでは五人でまともに切れなくなるはずだ。そのときのために脇差しの刃は温存しておきたい。――財前は、左十手の理由をそのように判断していた。

「けどよォ、俺のあとなんてねえんだ。おめえはここで斬られンだよ。余計なことに首を突っ込むしゅうとめ癖さえなけりゃあよ、餓鬼ンときみてえにまた仲よくできる日も来たかもしンねえが――」

――と、そんな言葉の途中で、

「――きぇえッ！」

奇声と共に踏み込んできた。

長々と続けてきた会話自体が、油断を誘う罠である。『しンねえが』の『ね』あたりという半端なところで攻撃のおこりがあった。こんな異常な機の一撃、並の剣士であれば反応すらもできぬはず。

これまでの仕草や言動は、すべてこの初太刀を放つため。右太刀が縦に真っ直《ま》ぐ《す》振り下ろされた。

幹竹割《からたけわ》りの一閃《いっせん》だ。片手とは思えぬほど重い一撃。もし小野寺が十手で防げば指が折れて力が緩む。その隙に財前は、左の脇差しで突きを入れてくるはずだ。

小野寺が身を躱《かわ》して反撃するようならば、財前は脇差しで防いだ上で、今度は大刀にて胴を薙《な》ぐだろう。

花がら同心は、そんな王手飛車取りの一手を狙っていたが……、

——がきんッ

鉄の刃と鉄の刃、互いに食い込む音が鳴った。

小野寺は左の十手でなく、右の大刀で財前の初太刀を受けたのだ。

先述の通りだ。こうなると剣は動かない。どれだけ力を入れようとも刃と刃は互いに食い込み、簡単に離れることはなかった。財前は「あッ」と息を飲む。

これぞ小野寺の秘策、本気の剣。

右手の大刀を防御に用いる二刀流である。

財前はすぐさま左の脇差しでの攻撃に転じるが、予想と反対の手で受けられたために位置が摑めず、一瞬剣先が逡巡《しゅんじゅん》する。

そんなほんのわずかな隙を突き、

「えいやッ!」

今度は小野寺の十手が財前の額に振り下ろされた。

鉄の鈍色《にびいろ》が月光に煌《きら》めく。手に伝わる感触は、十四のときとよく似ていた。不快極まりないものだ。

次の瞬間、幼なじみの〝花がら孝三郎〟は湿った土の上へと昏倒《こんとう》する。

（死んではおるまいが頭骨は割った。もう動けまい）

これで相手は残り十五人。感傷に浸る暇もない。

今ごろは、このどさくさで辰三がたづたちを逃がそうとしているはずだ。それまで時間を稼げば死んでも構わぬ。小野寺は大刀の刃に食い込んだ財前の刀を蹴り外す。人に厳しくそれ以上に自分に厳しい〝しゅうとめ重吾〟は片十手の二刀流にて、敵である不逞十五名へと向かっていく――。

二

そのあとは、ただ果てしない大乱戦であった。

相手は浪人十名とやくざ者五名。

浪人衆が手ごわいのは言うまでもないが、やくざ連中も厄介である。浪人たちは刀という強力な武器の扱いに長《た》けており、これを振るわば人は死ぬ。

一方で、やくざ者は喧嘩《けんか》に慣れている。自分も相手も刀を持たぬ場合が多く、命の奪い合いにならぬため気軽に他者と争えた。実戦の経験は彼らの方が多かろう。

(泥の中では、こちらが不利か)

月明かりに頼って足場を探し、片十手の二刀を構えて陣取った。ここならば自分は乾いた地面で、相手は泥濘《でいねい》の中での戦いとなる。

そんな彼を、相手は数に任せて取り囲むが——、

「愚かなり!」

泥に足を嵌《はま》らせながら斬りかかってきた浪人三人を、小野寺はまとめて斬り伏せた。

ふたりは大刀で肩と腕を斬りつけ、ひとりは脳天を十手で打ち据える。殺す気はないが、五体無事で倒すのもこの人数の差では無理というもの。

三人の不逞浪人は泥の中でのたうち回る。この者たちが邪魔になり、他の者たちは襲いかかれない。——泥の上で棒立ちとなる残り十二名を前にして小野寺は、

「ヤアッ!」

と足元に倒れた浪人を踏みつけ跳びかかり、左右の得物で浪人ひとりやくざ者ひとりを打ち倒した。

これで五人倒して残りは十名。そのまま再び跳んで別の乾いた足場へ移る。

人数で圧倒されているにもかかわらず〝しゅうとめ重吾〟は互角以上の勝負をしていた。雇われ者の不逞どもは怯《ひる》んでいる。たったひとり相手にこれほどまでの反撃を受け、肝を冷やしていたのであろう。月に照らされた十の顔から余裕の色はうかがえない。

――とはいえ、それでもまだ一対十。

これまで小野寺がこの人数差で戦えたのは、相手に油断があったため。

『いくら強かろうと、ひとりだけなら簡単に殺せる』と無防備に襲いかかってきてくれたおかげで返り討ちにできたのだ。大人数ならではの隙があったと言ってもよい。

だが、もう違う。

不逞一同は慎重に間合いを取り、足元もぬかるんでいないか確認しつつ、たったひとりの同心を取り囲んだ。

じりじりと。まるで熊か虎でも退治するかのごとく。

獰猛《どうもう》な獣相手に近づきすぎぬよう、しかし離れすぎぬよう、時間をかけて確実に仕留める気のようだった。

（これは、拙いな……。斬り抜けられん。しかし――）

しかし相手が時間をかけてくれるなら、辰三はたづたちを助けられる。

自分の命が失われること以外は、願ったり叶《かな》ったりであると言えた。

(ならばよし！　なにも問題は無い)

迫りくる不逞十名を、こちらも慎重に迎え撃つ。

やがて相手の浪人ひとりが焦りのために前に出て、剣を大上段から振り下ろす。迂《う》闊《かつ》な一撃ではあるものの剣筋だけは悪くない。

小野寺は右の大刀で受け止めたのだが、次の瞬間――、

――ぱきぃんッ

と甲高い音を立て、刀が折れた。

小野寺の右手に握った大刀が。

財前と斬り合った際の刃こぼれから一気に折れてしまったのだ。

絶体絶命である。急いで脇差しを抜くが、それでも不利は変わらない。敵の不逞どもは勢いづいて一気に距離を詰めてくる。

もはやこれまで。

せめて相手をひとりでも多く道連れにしてくれようと、小野寺も前へと出たそんな折——、

——ぴいっ、ぴいいいいっ

呼子笛《よぶこぶえ》の音が、夜の闇を引き裂いた。

「——御用である、武器を捨てよ！」

その声は、廻り方序列一位の同心百木のもの。

北町の廻り方同心一同が小者や近隣の番太たちを大勢引き連れ、駆けつけてくれたのだ。総勢ざっと三十名以上。

（まさか、皆が助けに来てくれるとは……）

来るとは思っていなかった援軍である。

死を覚悟していた小野寺は、地獄に仏を見る思いであった。

南町に雇われた不逞どもは、この段階で浪人六名、やくざ者四名が残っていたが、

目の前には凄腕の剣士、周囲は同心ら三十名余り。

さすがに、これには得物を置いて降参した。

緊張の糸が切れ、小野寺はぬかるんだ地べたに膝から崩れる。

「小野寺、無事か？」

「百木殿……。無事です。しかし、ご一同が来てくださるとは、ありがたや」

「ありがたがる必要はない。仲間の死地を救うのは当たり前のことであろう。……それに、お奉行にああまで頼まれたのだ」

「お奉行がどうかされたので？」

「与力の梶谷様は様子を見るよう言っておられたが、お奉行がちょうど、お城から一度戻って来られてな。『どうか小野寺を助けてやってくれ』と、こう——」

そう言って身振りで示したのは、近ごろ見慣れたあの仕草。

つまりは、土下座した、というのだ。

「平気で頭をお下げになるお方と聞いてはいたが、それでも目の前で下げられれば従わざるを得ん。しかも同心ひとりのために、あそこまでなさるとは」

これが〝三土下座〟のうち第二の土下座。

一介の同心を救うために、まさか他の同心たちに土下座をするとは。

百木ら一同を動かしたのは土下座そのものでなく、部下を想うその心根であったのだろう。

（どうやら、またもお奉行の『ど』の字に救われたか）

小野寺は、すでに何度助けられたかもわからない。

こうなると牧野駿河の土下座にただならぬ力があることを、さしもの〝しゅうとめ重吾〟も認めざるを得なかった。

——さて一方、囚われていたたづと同心の鈴木、番太の鶴八の話となる。

三人とも命は無事であったが、その無事の具合には開きがある。鈴木と鶴八は隠れ家に連れて来られて以来、知っている限りの真相を聞き出すべく熾烈な拷問にかけられていた。

責め具は南町奉行所の物置蔵より持ち出した本格のものであったが、使うのは雇われの不逞どもだ。加減が利かず、鈴木も鶴八もひどい怪我を負わされた。

鶴八は早めに口を割ったから、まだ軽い。

だが鈴木は思わぬ芯の強さを見せ、頑《かたく》なに無言を押し通し、そのため両足の骨とあばらが二本折れるという重傷の身である。これには彼を見直す同僚も多かった。

また、たづはまだ事情を一切知らされていなかったがゆえに、『同心や番太の次は自分が責められるに違いない』とひどく怯えていた。

実際には、たづは拷問される予定はなく、それどころか一部利害が一致すらしていたのだが、北町の同心衆に助けられた彼女は泣きながら何度も感謝の言葉を繰り返した。

暗かったため、たづは自分を助けてくれたのが、昨日自分の投げた石で痣を作った同心だとは気づいていまい。

しかし、それで構わぬと小野寺自身は思っていた。

奉行所や千代田のお城の都合で、たづは怖ろしい目に遭ったのだ。礼を言われたり謝られたりするのは気が咎《とが》めるというものである。

（ともあれ、これで三人とも救い出せたが……）

とはいえ、未《いま》だ一件落着とはいかぬ。

南町奉行にして目付末席の遠山左衛門尉が、これで引き下がるはずがない。阿部派にとっては目付衆から水野派をひとり追い出せる好機であるのだ。

財前の身柄を押さえていることもあり、このかどわかしの主犯が南町であるのは明白であるが、だからこそ狐面の南町奉行は引き下がれまい。

阿部派の力を強め、閥内での自らの立場を確固たるものにできれば、あらゆる罪過《ざいか》はもみ消せよう。

（月番が南町に替われば、おたづはまた狙われるかもしれぬ）

〝いれずみ金四郎〟について手を打たねば、全てはまたふりだしとなる。

（悔しいが、今はお奉行だけが――駿河守様の土下座だけが頼りか……）

なにをする気であるかは知らぬが、例の〝三土下座〟を信じるしかなかった。

残る土下座は、あと一回……。

三

ところ変わって千代田の城内。

牧野駿河守は一旦北町奉行所へと戻ったのち、再び城を訪れたのだ。

奉行所に戻った目的はいくつかあるが、ひとつは小野寺のことを他の同心衆に頼むため。

もうひとつは〝道具〟を取りに行くためである。

このあとする交渉には、いくつかの品が必要であったのだ。

すなわち津路《つじ》屋のかんのん像と、役者が隈取《くまど》りに使う白粉《おしろい》と紅《べに》。――紅の方、ちょうどよい色のものを取り寄せるのに、すっかり時間がかかってしまった。

登城し直した駿河は、またも〝松風の間〟で人を待つ。

刻はすでに亥《い》の刻。満月の位置は動き、月光が差し込むのも別の窓だ。

ただし今回はひとりで待つのでなく、

「駿河よ、本当にお主の言うようにできるのか？」

「お任せくだされ、越前様」

〝大御所老〟水野越前守忠邦も一緒であった。

やがて待ち人来たり。襖を開け「失礼いたす」と入ってきたのは——、

「老中、阿部伊勢守にございます」

水野と権力を二分する〝新進気鋭〟阿部伊勢守正弘《まさひろ》であったのだ。


この老中、阿部伊勢守は、当然ながら阿部派の頂点。

まだ二十代という若さであり、人生で最も活力に満ち、恐れを知らぬ時期にある。

幕府はすでに開闢《かいびゃく》二百年以上。この年老いた権力機構が伊勢守に期待していたのは、その向こう見ずな若さであったのだろう。

少なくとも、彼につき従う阿部派の多くはそうである。

逆に、若さゆえの勇敢さにつき合うこと自体を怖れた者たちは、保守の象徴たる水野老に従った。

阿部と水野、若きと老い、どちらが正しいか歴史はまだ結論を出していない……。

――阿部伊勢守は、〝大御所老〟水野からの急な呼び出しに『もしや暗殺をする気か』と疑いもしたが、さすがは幕府の半分を支配する閥の長。

『ならば返り討ちにしてくれる』と肚《はら》を決め、家来ふたりのみを連れて〝松風の間〟を訪れた。

ひとりは剣の達人である護衛役、もうひとりは家中で最も忠義に篤《あつ》い用人《ようにん》である。

いずれも、いざという際には命を賭して自分の身を守ってくれるはずだ。

（こうなると、むしろ斬りかかってきてくれた方がありがたい）

さすれば、その罪を断じることで水野派を一気に追い落とし、千代田のお城は阿部派のみで牛耳ってくれる。

心の中でほくそ笑みながら、彼は水野老のもとを訪れたのだが……。

「阿部伊勢守よ、よく来てくれた。実はこの者がな、なにやら建策があるというのだ」

「建策ですと？　それに、その者は――」

水野老の傍らにいたのは、たしか北町奉行の牧野駿河守。

手には、なぜか陶製の観音菩薩を抱えていた。

（あの観世音だか月光菩薩だかの像、もしや堀田民部少輔《ほったみんぶのしょう》の申しておったものか？）

先代大番頭〝しかり民部〟が隠居する羽目になった像の本物か。

話によれば、あの中には自分たち阿部派が不正をしている証拠が入っているとのことであった。

（まさか水野老め、私を脅す気か？　その程度のもので、しかも私がやったことでもない罪で）

冗談ではない。閥の者が勝手にやったことである。

もしも、この観世音菩薩で罪を追及する気というなら考えがある。こちらとて水野派の不正のひとつやふたつ暴くくらいわけはないのだ。

そういえば河童がどうのと閥の誰かが言っていた。とりあえずは、それで仕返しできるはず――。

「伊勢守様、よろしゅうございますか」

牧野駿河守は、観音像を床に置くや、ばんっ、と跳ねるように勢いよく前に出て、

「お願いしたき儀がございます！」

と、いきなり土下座した。

これには老中阿部伊勢守も困惑した。

なにゆえ土下座？　そういえば、この牧野駿河は〝どげざ駿河〟だの〝どげざ奉行〟だのと呼ばれていると噂で聞いたことがある。

（土下座を恥と思わぬ男か……。しかし私も平伏されるのには慣れておる。多くの者たちが利を求め、同様に頭を下げてきたのだ。――町奉行の土下座程度で、私がなにかを与えると思うな！）

ひれ伏しているのは、なにか頼みがあるからであろう。

だが、この阿部は、そんな願いを無視して蹴散らしてきた男。

二十代で巨大な権力を振るうためには、他人をかえりみず我《わ》が儘《まま》に振舞わねばならぬことも多いのだ。周囲もそれを期待していた。

土下座の効かぬ老中阿部は、その意味で〝どげざ駿河〟最強最悪の敵かもしれぬ。

（こちらの利にならぬ頼みなど、どれほど頭を下げようと……む？　なんだ、こやつの頭は？）

窓からの月明かりに、駿河の月代が照らされていた。

五十路《いそじ》のくせに月代が妙に青白い。普通、この歳《とし》ならば頭は禿《は》げかけ、月代は顔の肌と同じく赤みのかかったものになるであろうに。

おまけにその青い月代に、なにやら赤い模様があった。

（この模様、痣とかさぶたか？　どこかで傷でも負わされたのか？）

しかも、その形はまるで——。

（まるで月の兎のよう……）

餅をつく兎にどこか似ていた。

してみると、隣のほくろは星のよう。

（この男、なにゆえにこのような痣を？　月代に兎とは——）

気がつけば『月づくし』だ。満月に月光菩薩、そして月代に月の兎。

偶然なのか、わざとであるのか。なぜにこれほど月が並ぶ？

（意味がわからぬ……。だが、目が離せぬ！）

気になりだすと目が離せない。まさか、これが駿河守の手だとでも？

なんという小賢《こざか》しさ。

だが成功だ。闇夜に浮かぶ満月のように、この土下座は若き老中の心を占めていた。

（言うなれば、月光土下座といったところか……）

——と、そこに牧野駿河のひとこと。

「では、ご承知いただけましたかな？」

老中阿部伊勢守は、思わず、

「う、うむ……よきにはからえ」

と返事をした。してしまった。

見渡せば、奥に座る水野老も、自分の後ろに控える家来ふたりも、唖然《あぜん》とした面持ちとなっていた。いずれも『本当にいいのか？』とでも言いたげな顔だ。

（い……いかん、聞いていなかった！　なんの話であったのだ⁉）

わからぬままに、よきにはからえと答えてしまった。

仕方あるまい。

あの月光土下座を喰《く》らったのだ。もし『老中の座を譲り渡せ』と言われていたとしても、同じ返事をしていたに違いない。

（いったい、私はなにを承知したのだ……？）

あの菩薩像と交換でなにかをする約束をしたのかとも思ったが——、

「では、この観世音菩薩は拙者のもとでお預かり申しあげます。決して人目につかぬよういたしますゆえご安心を」

「うむ……」

それすら手に入らなかった。

なにも得られぬまま、ただ駿河の頼みだけを聞き入れたのだ。

(負けた……!! こやつの土下座に負けた!)

これぞ〝三土下座〟のうち最後の土下座。

この〝どげざ駿河〟は土下座にて、水野と阿部、幕府の二大頂点をまとめて手玉に取ったのである。

「では、これにてご無礼」

駿河守は最後にぺこりと小さく頭を下げて、観音像と共に去っていく。

果たして、彼はなにを承知させたのか——。

四

北町奉行所に牧野駿河守が戻ってきたのは早朝七つ。

夜明け前の一番暗い時刻であった。春というのに底冷えする。

眠らずに待っていた小野寺が奉行の部屋に呼び出されたのは、その直後のことになる。

「お奉行、小野寺でございます」

「うむ、入れ。大手柄であったそうだな。傷は無いか？」

「はっ、擦り傷がほんの二、三か所ほど……」

話をしながら、小野寺は奉行の頭に気がついた。

「お奉行、その月代は？　妙に白くて、なにやら赤い妙な模様が」

月の兎にも似た模様だ。昼間はこのようなもの無かったはず。

しかも、その形には見覚えがある。たしか、これは――。

「もしかして、拙者の頭の痣ですか？」

「よく気づいたな。役者の隈取り用の白粉と紅で、お主の痣を真似したのだ」

「なにゆえに⁉」

さすがに意味がわからない。

困惑する同心に奉行はふふっと笑いかけると、濡《ぬ》れ手ぬぐいで頭を拭きながら理由《わけ》を語った。

「ひとつは〝ずる〟よ。こうして頭に痣があると、ほれ、頭を下げたときに相手が気になって気が逸れる。ただの小狡《ずる》い技にすぎん」

つまりは土下座の技ということらしい。たしかに狡くて小賢しい。

「ひとつは、ということは他にも理由が？」

「うむ。お主だ」

「拙者？」

「肝心要《かなめ》の場であったからな。お主の土下座をいっしょに連れて行きたかったのだ」

また、わからぬことを。

小野寺でなく、小野寺の土下座を連れていきたいとは。

「拙者の土下座……？　いったい、どのような意味で？　そのようなもの役には立たぬでしょう？」

「自分の土下座を低く見積もってはならん。昨日、お主がおたづにした土下座を憶えているか？　この赤痣ができたときだ」

「それは無論……」

「お主は、なぜおたづに謝った？」

「それは——そうせずにはいられなかったからでございます」

理由など無い。少なくとも理屈ではない。

ただ心から、衝動のままに跪き、地べたに額を擦りつけてしまったのだ。なにも解決できぬというのに。

「あれは迂闊でございました」

「いいや、その迂闊さこそ人の心。あのときはお主を叱ったが、本当はお主の土下座が眩《まぶ》しかった。あれこそが本物の土下座、本物の謝罪である。いつも利と理で頭を下げる儂にはできぬ」

「……？　褒められているのでございましょうか？」

「無論よ。所詮、儂のは蜘蛛《くも》やら飛蝗《ばった》やらの虫けら土下座。だが一方お主のは〝人の土下座〟であり〝心の土下座〟である。お主の土下座には、儂に失われていたものがあった。――土下座とは、相手に謝りたいからこそするものであったのだ。忘れておった」

　人はなんのために土下座するのか？

　当たり前のようにも思えたが、この駿河守のみならず、多くの人の心からは失われている問いであり答えであったかもしれぬ。

　世の人々にとって土下座とは、単なる屈辱でしかない場合がほとんどであるのだから。

「つまり小野寺、お主の心は誰よりもまっすぐで正しい。そうでなくば、あれほど心を打つ土下座はできぬ」
「は……」
急に、あらためて褒められた。
しかも『心のまっすぐさ』についてとは。皆から〝しゅうとめ〟と揶揄《やゆ》されている
だけあって、このように心根を褒められたことなど初めてのことだ。
（まさか、これほど褒められるとは……）
だが、さすがに嬉しくはある。
暗くてよかった。月も隠れ、部屋を照らすのは行灯《あんどん》のみ。
これなら照れて真っ赤になった顔も誤魔化せよう。
とはいえ――、
「なので、千代田のお歴々にもお主の土下座を見てもらおうと思ってな」
こうなると、あまり嬉しくない。
どうやらこの奉行、千代田のお城で偽痣つきの頭を下げてきたということらしい。
それもお偉方の前でということだ。
「此度《こたび》に関しては、お主は儂の土下座の師匠だ。儂が〝どげざ駿河〟〝どげざ奉行〟
であるなら、お主は〝どげざ重吾〟〝どげざ同心〟というわけであるな」

ますます嬉しくない話だ。どうにか土下座抜きで心のまっすぐさだけを評価してもらえぬものか。

——と、そこで彼は思い出す。

「それよりお奉行、千代田のお城の方はどうなったのです？」

肝心の結果を訊いていなかった。

奉行が誰にどのような土下座をしてきたのかはわからぬが、南町奉行兼目付の遠山左衛門尉を抑えねば、竹五郎河童の一件は解決せぬままだ。

果たして、土下座の結果はいかに——。

「うむ、心配無用。全て上手くいった」

その答えに、ほうっ、と安堵《あんど》の息をついた、そのときである。

襖の外から声が掛かった。

「——お奉行、お客人がお見えでございます」

大物客の応対を受け持つ与力の声であった。

だが、まだ夜明け前。このような時間に客人とは。

「客は誰だ？」

「は……。先代お奉行、鍋島内匠頭様でございます」

竹五郎河童絡みで騒ぎがあった直後の来訪とは。時刻のことを抜きにしても、ふらりと立ち寄ったわけではあるまい。

しかも襖の外の与力は、やたらと声を震わせていた。なにを、そこまで狼狽《うろた》えているというのか。――奉行は落ち着き払った声で返事をする。

「うむ、来たか。この部屋にお通しせよ」

まるで全てを見通していたと言わんばかりの態度であった。


部屋に通された先代奉行の姿を見て、小野寺は「あッ」と息を飲む。与力の声が震えていた理由がわかった。

鍋島内匠頭は、死に装束。

白裃《かみしも》でやって来たのだ。

ただならぬ姿の先代を、当代奉行の牧野駿河が出迎える。

「これはこれは内匠頭殿、このような時間によく来てくださった。ささ、こちらへ」

「では遠慮なく。人が腹を切ろうとしていたのに、手紙で『死ぬ前に一度来てほしい』などと申されますからな。──駿河守殿、拙者が腹を切るのはお見通しで？」

「ええ。貴殿のご性分からして。内匠頭殿、御目付の任を解かれたのでございましょう？」

「やはり知っておられましたか」

聞けば、つい先刻のこと。

こんな時刻というのに〝大御所老〟水野老と阿部老中、連名の文《ふみ》にて、鍋島内匠頭を目付職から解任すると報せがあったのだという。

「文には倹約のため目付の席を減らすとありましたが、おそらく竹五郎河童の一件、阿部様派に知られたのでしょう。これにて目付は七人となり、四対三で阿部様一派が優位。御政道はあちらの思うがまま。──拙者のせいで水野様の閥は敗れ、天下は乱れてしまうのです。やれ申し訳なや。生き恥を晒すより、腹を切ってお詫びいたそうと思います」

もともと閻魔と呼ばれるほど堅く真面目《まじめ》な人物だ。

我が子と竹五郎の死を不当に処理したことにも苦しんでいたに違いない。──なのに、それが理由で目付の職を追われるとは。

しかも、これを機に息子の心中話も世間に知られることになるはず。腹を切りたくなるのも当然であろうと、傍《はた》で聞いていた小野寺は思った。

(なんとお気の毒なことであろうか……。ほんの先月まで、あれほど尊敬を受けておられたお方というのに)

自分が同じ立場でも、やはり死を選ぶはず。

だが当代奉行の牧野駿河は、

「それは了見が違いましょう」

武家として格上のはずの鍋島内匠頭相手に、やたら厳しい口をきいた。

「駿河守殿、了見とは?」

「詫びる方法も詫びる相手も違うと申しておるのです。少なくとも順番が違う。内匠頭殿には水野越前様よりも、先に謝る相手がおられるのでは?」

「先に……? 誰のことでございましょうか?」

すると駿河守、いきなり立ち上がるや、がらり、と庭へと続く障子戸を開ける。

「この者です」

まだ夜明け前の庭にいたのは――。

「内匠頭殿もご存じであられましょう。植木屋竹五郎の妻、たづでございます」

あんころ餅を思わす、あの見慣れた女であった。

内匠頭は気づいただろう。ふた月前に初めて見たときよりも、色黒の肌は疲れで青ざめ、丸く膨れた頰はこけていた。

もとの地肌や骨格のためにまだまだ浅黒くて丸顔ではあったが、やがては梅干しや紙風船のようにしぼんでしまうかもしれぬ。

なんたる憐れ。亭主が死んでからの心痛と苦労が偲《しの》ばれる。——しかも、その心痛と苦労は、当時の北町奉行である鍋島内匠頭の手によるものなのだ。

この女房に最初から真実を語っていれば、少なくとも心痛だけはわずかとはいえ和らいだろうに。

見ておられぬ。

とっさに目を伏せた先代奉行の内匠頭に、当代奉行〝どげざ駿河〟はそっと囁く。

「そのまま下げてはいかがですかな？」

つまりは、頭を下げてはいかがかと。

武家にとって謝罪とは恥。恥は死よりも耐え難い。まして、この男の勧める頭の下げ方とは、おそらく……。

だが閻魔と呼ばれたもと奉行は、駿河守から言われるままに、

「……たづよ、すまなかった」

と、下げた。

畳に膝をつき、土下座をしたのだ。

——いや、促したのは駿河だが、そうせずとも自ら頭を下げていたに違いない。

これも人の土下座、心の土下座。許してもらうためでなく、ただ純粋に謝りたいという気持ちが形になっただけのもの。

当代奉行牧野駿河守は彼の姿を見て満足気に頷《うなず》いていた。

「さすがは閻魔と呼ばれたお方、お見事でございます。——小野寺よ、我らは向こうに行くとしよう」

おたづとふたりきりにしてやろうという配慮らしい。

駿河守と小野寺がその場を後にすると、背後ではいつぞやと同じくたづが『なにゆえ謝っておられるのです？　なにも言えないというのなら、どうして頭を下げるのですか？』と先代奉行を問い詰めていた。

このまま無言を貫き、小野寺のように月代に痣を作るのか。

あるいは真実を語るのか。それは、まだわからない。

ただ牧野駿河は「おっと、言い忘れていた」と振り返り、鍋島内匠頭へと告げた。

「内匠頭殿、閥同士の諍《いさか》いについては心配御無用。拙者が片をつけておきましたゆえ。腹を切る必要もございませぬぞ」

もしかすると駿河守は、もし先代奉行が頭を下げねば、今の『心配御無用』は伝えぬ気であったのかもしれぬ。

『たづに謝ることができぬのなら、不安の中で腹を切って死んでいけ』と考えていたのやも。――傍にいた小野寺には、そのように感じられた。

さすがは〝どげざ奉行〟。土下座には誰より厳しい。

「小野寺、憶えておくのだぞ。土下座の前には身分の上下は意味を持たぬ。下げた頭より下はなく、天地はすべて上となる。土下座によって世は平等となるのだ」

「はっ、なるほど……。しかしお奉行、どのように千代田の阿部様派を抑えたのでございますか？　水野様派を倒す千載一遇の好機でありましょうに」

千代田のお城で、果たしてなにを承知させたのか。

その問いに牧野駿河は――、

「ははは、だから、その平等よ。釣り合いを取ってやった。――すなわち三方一土下座というやつであるな」

またも意味のわからぬことを口にして、からからと笑っていた。

ちょうど朝日が顔を出す。橙《だいだい》の光がまぶしく天地を覆っていった。

五

朝四つ。

南町奉行所の門が開くや、遠山左衛門尉のもとへと使者が来た。

千代田のお城からである。狐顔の〝いれずみ金四郎〟は使者の届けた文を読み、

「なんだ、これは!」

と朝一番にもかかわらず甲高い声を張り上げた。

文には、阿部老中と水野老の連名にて、

『遠山左衛門尉景元の目付職の任を解く』

とあったのだ。

「御使者殿、これはいかなることか⁉」

「は、ご老中の阿部様と水野様がおっしゃるには――やはり南町奉行は激務につき、

目付職との兼任には無理があろうと。それゆえ遠山左衛門尉様には町奉行の職に専念していただくべく、此度のご処置となったそうで……」

「ふざけるな！　そのような理由で目付を馘《くび》になるものか！」

目付の任を解かれるのは、もと南町奉行の鍋島内匠頭ではないのか？　これでは阿部派が目付の席を失い、天下は水野派のものとなってしまう。

「千代田でなにがあった！　まさかご老中阿部伊勢守様の御身になにかあられたのか⁉」

もしやお城内で一大事が？〝大御所老〟が阿部老中を害したとでもいうのであろうか？

帰ろうとする使者の腕を摑まえ、問い詰めると――。

「お城はこれまで通りでござります。むしろ阿部様と水野様、これまで通りにするために此度のご処置をお決めになられたと聞いております」

「どういうことか？」

「拙者の聞いたところによれば……なんでも倹約のため、御目付職の席をふたつ減らすとか」

「なにいッ⁉」

まさか、ふたつ減らすとは。

予想もつかぬ事態であった。

「もうひとり減るのは、鍋島内匠頭様であると伺っております」

阿部派と水野派、ひとつずつ目付の席を失うわけだ。

ならばふたつの閥の均衡は、これまで通りということになろう。

(その手があったか……。阿部派はそれで構わぬだろうが――)

遠山左衛門尉自身は構う。

自分の権限が弱まるではないか。それでは北町と争えぬ。

本当は、北町の駿河守には邪魔をした報いを受けさせたかった。それに義叔父を虚《こ》仮《け》にした報いも。自分に逆らう者がいかなる目に遭わされるかを世に知らしめる必要がある。

なのに、そのための力が、目付解任により失われてしまった……。

口惜しいがしばらくはなにもできまい。

「しかし阿部様と水野様は、なにゆえそのようなことをお決めになったのだ?」

遠山左衛門尉の問いに、使者は答える。

「噂では、その……牧野駿河守様が土下座なされたと」

この返事で怒りは沸点を超えた。

使者が逃げるように去ったあと、今や南町奉行のみが役職となった〃いれずみ金四郎〃は客座敷で剣を抜き、癇癪《かんしゃく》のままに暴れまくった。

普段冷静沈着な者ほど箍《たが》が外れた際の乱れ方はひどいらしい。銀で接《つ》いで直した偽菩薩も粉々に叩き壊してしまった。

「〃どげざ駿河〃め、いずれ全てを奪ってくれるぞ！」

再び力を蓄えた折には、ただでは済まさぬ。

細めた瞳の奥ではほの暗い復讐《ふくしゅう》の炎が燃えていた。

結

事件というのは下手人を捕らえて終わりではない。

聞き取りや書きものなど、長く退屈な仕事が同心たちには待っていた。ましてや十人以上が一度にお縄になる大事件ともなれば、その後始末はちょっとやそっとでは終わらぬもの。

今回、一番の功労者である小野寺重吾が一息吐けて、やっと同心屋敷に帰ることができたのは、なんと浅草湿地で大捕り物をした翌々日の朝になる。

それまで一睡もしていない。それどころか着替えすらもしておらず、着物には浅草の泥がついたままだ。

「兄上、それに辰三さんも。帰らないなら帰らないで一言教えてくれればいいじゃありませんか」

玄関先にて、疲れで足元がフラフラおぼつかぬ小野寺と辰三を、八重とおすゞが出迎えた。

妹の八重は最初「夕餉が二度分も無駄になった」とむくれていたが、汚れや手足の擦り傷から『どうやら大立ち回りのあとらしい』と気付き、優しい態度に切り替える。

「兄上たち、お湯屋に行かれます？」

「いや、あとでいい。今は眠りたい」

「でしたら布団が汚れぬよう足だけでも洗ってさしあげましょう。今、湯を沸かしますから、そこらに腰かけていてくださいな」

八重たちは湯桶《ゆおけ》と手ぬぐいを使って、二人の足の泥を洗う。

八重は兄の足を。おすゞは辰三の足を。

普段なら『そんな商売女のような真似をするな』と叱るところだが、今は断る気力もなかった。

（……気持ちのよいものだ。人に足を洗われるというのは、これほどによいものだったか）

綺麗になることよりも誰かに触れられていること自体が嬉しい。まして愛する妹だ。足の泥と一緒に、疲れや心の汚いものも落ちていく。

浅草に乗り込む際には討ち死にも覚悟していたが、やはり死ななくてよかった。

ふと横を見れば、隣の仏頂猪も蕩《とろ》けそうな顔をしていた。どうやら似たようなことを考えていたらしい。

気がつけば同心と小者、ふたりそろって縁側で眠ってしまっていた。


小野寺が目を覚ませば、すでに夕刻。

布団の上だ。着物は寝間着になっていた。八重が着替えさせてくれたらしい。これはさすがに『嫁入り前の娘がはしたない』と照れ隠しも兼ねて叱らねば。

夕日が真っ赤に差し込む中、目を擦《こす》りながら布団を這《は》い出ると――、

「――おや、小野寺よ。起きたようだな」

見慣れた浪人姿の男が、すぐ外の縁側に腰かけ、茶を飲んでいた。

「お奉行⁉　どうされたのですか！」

「いやなに、近くまで寄ったのでな。妹殿に茶を淹《い》れてもらった。――茶菓子は土産《みやげ》だ」

手元の菓子盆には落雁が山盛りとなっていた。懐紙で持って帰っていたので好物と思われたらしい。

「小野寺よ、体は無事か？　あとになって斬られた傷や打ち身が見つかることもある。大事にせよ」

「は、お気遣いありがとうございます」

「お主が眠っている間、いくつかのことが決まったぞ」

奉行は、煎茶をもう一口すすって語りだす――。

捕らえられた十名の不逞の輩は島送りとなった。雇われただけとはいえ、同心や番太を襲って拷問するという重罪を犯したのだ。順当な裁きであろう。

一方で〝花から孝三郎〟こと南町の財前は、特に罪を問うことなく南町奉行所へと引き渡された。こちらは政治絡みであるため仕方あるまい。――ある意味、南町に貸しを作ったとも言える。

ちなみに財前は常人より頭蓋骨がぶ厚かったのか、意外なほどに軽傷で、次の月番には御役目に復帰できるとのことであった。

救い出された同心の鈴木と番太の鶴八は小石川にて療養中。

鶴八はさしたる傷ではないが、鈴木は両足とあばらが折れているため、しばらくは寝たっきりであるという。——なんでも床の中で小野寺に感謝の言葉を繰り返しているとか。

南町の間者であった与力の梶谷は、とりあえずお咎めなしと決まった。奉行の判断だ。間者であると最初からわかっていれば、利用する手もあるだろう。

先代奉行の鍋島内匠頭は、たづに真相を明かしたらしい。

たづはしばらく泣き続けていたが、やがて夫を亡くした妻と、息子を亡くした父で和解をした。明日から内匠頭の知己の屋敷で、好待遇にて働くことになったという。

「それとな小野寺、こんな瓦版も出ておった」

奉行所の者が見つけたのは今日の昼だが、昨日の朝には出回っていたらしい。

表題は『——北町同心河童退治』。

浅草の沼地へ河童退治に向かった廻り方同心〝しゅうとめ重吾〟。だが、そこで河童を利用し悪事をたくらむ不逞浪人百名以上と遭遇し、斬った張ったの大立ち回りの末に全員をお縄にした……と書かれていた。

ひどい出鱈目だ。話に尾ひれがつくにもほどがある。

だが、よくみれば文の最後に『じもく』の名が。

（あの半纏女め、もしや詫びのつもりなのか？　前に悪く書いたから、今度は活躍させてやろうという了見か）

ただ、北町と南町の確執については一切触れておらず、そのあたりはさすが聞屋としてわきまえていた。

「はは、お主も人気者になるな」

「お恥ずかしい……。あとで書いた者を叱っておきます」

「なに、構うまい。それより儂からお主に、せねばならぬことがある」

そう言って奉行の牧野駿河守は落雁を齧《かじ》り、茶をもう一口すすって、息を整えたのち――、

「……この通りだ」

土下座した。

『せねばならぬこと』と聞いて大方予想はついていたが、まさしく想像の通りであった。

しかし、これはなんの土下座か——？

「お奉行⁉　頭をお上げください！　謝られる謂《いわ》れはございませぬ」

「いいや、これは詫びだけでなく感謝でもあるのだ。黙って頭を下げられよ」

聞いたこともない言い回しであった。『黙って頭を下げられよ』とは。

「この土下座の意味は三つ。——ひとつは、お主を危険な目に遭わせた謝罪だ。土下座というものは、謝って済む問題ではないことを謝って済ますためにある。部下を危険にさらした儂は〝どげざ奉行〟失格よ」

土下座で解決できなかったことを悔やんでいるということらしい。

「いえ、それは……。廻り方なのですから危険は覚悟の上でございます。それにお奉行に恥をかかせるより、私が命を張った方が気も楽というもの」

なにげなく発した言葉であったが、奉行にとっては違ったようだ。

牧野駿河守は下げていた顔を上げるや、きっ、と鋭く小野寺を睨《にら》みつける。

「土下座を恥と申したか？　よく聞け小野寺、他の町奉行はどうであるか知らぬが儂にとっては部下を失うことこそ大恥である」

いつもとぼけたえびす顔の駿河守が、このときばかりは怒気をはらんだ面持ちであった。

この奉行に叱られるのは『飛蝗《ばった》の土下座』のとき以来二度目であったか。

お城で軽んじられているという人物の、しかもわけのわからぬ説教というのに、なぜこれほど胸に響くのか。

「お主は無事に帰って儂は大恥をかかずに済んだ。これはその礼の土下座でもある。これがふたつ目。——そして、この土下座の三つ目の意味だが」

そして〝どげざ奉行〟牧野駿河守は、頭を下げたままなぜかしばらく考え込んでいたのだが、十ほど数えたのち、

「……ま、なんとなくであるな」

と拍子抜けなことを口にした。

「なんとなく、でございますか？」

「うむ。本当は本件ではもう土下座はせぬつもりであった。前に『三土下座で片をつける』と自分で決めたことであるしな。——なのに、お主への感謝の気持ちがあふれ、思わず頭を下げてしまったのだ」

「それは、なんとも……」

拍子抜けと思いきや含蓄深い。

つまりは奉行が忘れていたという人の土下座、心の土下座であったのだ。

しかも謝罪や懇願のためでなく『感謝』でこの土下座の域に至るとは。人として、なんと幸せなことであろう。

気がつけば小野寺も、まったく同じ姿勢で頭を下げていた。

「この小野寺重吾、頭が上がりませぬ」

「ならば儂と同じだな」

互いに顔を伏せてはいたが、見ずともわかる。

ふたりとも肚の底より笑っていた。


一晩で目付の人数を削減したことは、千代田のお城で多少の混乱を招いた。

遠山左衛門尉はこの時期に目付職についていたことが正式な記録に残っておらず、鍋島内匠頭に至っては目付就任はおろか北町奉行の任を解かれた時期すら後世の資料ではっきりとしていない。

また本件の仕掛け人たる北町奉行本人については、ろくに語り継がれてすらおらぬ。

いつからいつまで任に就いていたのかさえ記録によって食い違っているほどだ。

――とはいえ奉行自身は、どうせ気にも留めてはいまい。彼にとっては刻など頭を下げているうちに頭上を通り過ぎていくものだろう。

武家社会にありながら、この男は名誉や恥より実を重んじた。

彼の名は、牧野駿河守成綱。

人呼んで〝どげざ奉行〟。

のちに将軍家慶公より土下座御免状を賜り、腹心小野寺重吾と共にペリーと対決する男である。

小学館文庫
好評既刊

親子鷹十手日和

小津恭介

ISBN978-4-09-407036-1

かつて詰碁同心と呼ばれた谷岡祥兵衛は、いまでは妻の紫乃とふたりで隠居に暮らす身だ。食いしん坊同士で意気投合、夫婦になってから幾年月。健康に生まれ、馬鹿正直に育った息子の誠四郎に家督を譲り、気の利いた美しい春霞《はるか》を嫁に迎え、気楽な余生を過ごしている。今日も近所の子たちに玩《おも》具《ちゃ》を作ってやっていると、誠四郎がやって来た。駒込で旅道具を商う笠の屋の主・弥平が殺されたというのだ。亡骸《なきがら》の腹に突き立っていたのは剪定鋏《せんていばさみ》。そして盗まれたのは、たったの一両。抽斗《ひきだし》には、まだ十九両も残っているのだが……。不可解な事件に父子で立ち向かう捕物帖。

小学館文庫
好評既刊

付添い屋・六平太
龍の巻 留め女

金子成人

ISBN978-4-09-406057-7

時は江戸・文政年間。秋月六平太は、信州十河藩の供番（駕籠を守るボディガード）を勤めていたが、十年前、藩の権力抗争に巻き込まれ、お役御免となり浪人となった。いまは裕福な商家の子女の芝居見物や行楽の付添い屋をして糊口をしのぐ日々だ。血のつながらない妹・佐和は、六平太の再仕官を夢見て、浅草元鳥越の自宅を守りながら、裁縫仕事で家計を支えている。相惚れで髪結いのおりきが住む音羽と元鳥越を行き来する六平太だが、付添い先で出会う武家の横暴や女を食い物にする悪党は許さない。立身流兵法が一閃、江戸の悪を斬る。時代劇の超大物脚本家、小説デビュー！

小学館文庫
好評既刊

脱藩さむらい

金子成人

ISBN978-4-09-406555-8

香坂又十郎は、石見国、浜岡藩城下に妻の万寿栄と暮らしている。奉行所の町廻り同心頭であり、斬首刑の執行も行っていた。浜岡藩は、海に恵まれた土地である。漁師の勘吉と釣りに出かけた又十郎は、外海の岩場で脇腹に刺し傷のある水主の死体を見つける。浜で検分を行っていると、組目付頭の滝井伝七郎が突然現れ、死体を持ち去ってしまった。義弟の兵藤数馬によると、死んだ水主の正体は公儀の密偵だという。後日、城内に呼ばれた又十郎は、謀反を企んで出奔した藩士を討ち取るよう命じられる。その藩士の名は兵藤数馬であった。大河時代小説シリーズ第1弾！

小学館文庫
好評既刊

かぎ縄おりん

金子成人

ISBN978-4-09-407033-0

日本橋堀留『駕籠清』の娘おりんは、婿をとり店を継ぐよう祖母お粂にせっつかれている。だが目明かしに憧れるおりんにその気はなく揉め事に真っ先に駆けつける始末だ。ある日起きた立て籠り事件。父で目明かしの嘉平治たちに隠れ、賊が潜む蔵に迫ったおりんは得意のかぎ縄で男を捕らえた。しかし嘉平治は娘の勝手な行動に激怒。思わずおりんは本心を白状する。かつて嘉平治は何者かに襲われ、今も足に古傷を抱える。悔しがる父を見て自分も捕物に携わり敵を見つけると決意したのだ。おりんは念願の十手持ちになれるのか。時代劇の名手が贈る痛快捕物帳、開幕！

小学館文庫
好評既刊

勘定侍 柳生真剣勝負〈一〉 召喚

上田秀人

ISBN978-4-09-406743-9

大坂一と言われる唐物問屋淡海屋《おうみ》の孫・一夜は、突然現れた柳生家の者に御家を救えと、無理やり召し出された。ことは、惣目付《そうめつけ》の柳生宗矩《むねのり》が老中・堀田加賀守《かがのかみ》より伝えられた、四千石の加増にはじまる。本禄と合わせて一万石、晴れて大名となった柳生家。が、大名を監察する惣目付が大名になっては都合が悪い。案の定、宗矩は役目を解かれ、監察される側に立たされてしまう。惣目付時代に買った恨みから、難癖をつけられぬよう宗矩が考えた秘策が一夜だったのだ。しかしなぜ召し出すのが商人なのか？　廻国中の柳生十兵衛も呼び戻されて。風雲急を告げる第１弾！

小学館文庫
好評既刊

八丁堀強妻物語

岡本さとる

ISBN978-4-09-407119-1

日本橋にある将軍家御用達の扇店〝善喜堂《ぜんきどう》〟の娘である千秋は、方々の大店から「是非うちの嫁に……」と声がかかるほどの人気者。ただ、どんな良縁が持ち込まれても、どこか物足りなさを感じ首を縦には振らなかった。そんなある日、千秋は常磐津の師匠の家に向かう道中で、八丁堀同心である芦川柳之助と出会い、その凛々しさに一目惚れをしてしまう。こうして心の底から恋うる相手にようやく出会えたのだったが、千秋には柳之助に絶対に言えない、ある秘密があり——。「取次屋栄三」「居酒屋お夏」の大人気作家が描く、涙あり笑いありの新たな夫婦捕物帳、開幕！

小学館文庫
好評既刊

うちの宿六が十手持ちですみません

神楽坂 淳

ISBN978-4-09-406873-3

江戸柳橋で一番人気の芸者の菊弥は、男まさりで気風《きっぷ》がよい。芸は売っても身は売らないを地でいっている。芸者仲間からの信頼も厚い菊弥だが、ただ一つ欠点が。実はダメ男好きなのだ。恋人で岡っ引きの北斗は、どこからどう見てもダメ男。しかも、自分はデキる男と思い込んでいる。なのに恋心が吹っ切れない。その北斗が「菊弥馴染みの大店が盗賊に狙われている」と知らせに来た。が、事件を解決しているのか、引っかき回しているのか分からない北斗を見て、菊弥はひとり呟くのだった。「世間のみなさま、すみません」——気鋭の人気作家が描く、捕物帖第1弾！

小学館文庫
好評既刊

人情江戸飛脚
月踊り

坂岡 真

ISBN978-4-09-407118-4

どぶ鼠の伝次は余所様《よそさま》の隠し事を探る商売、影聞きで食べている。その伝次、飛脚を商う兎屋の主で、奇妙な髷《まげ》に傾《かぶ》いた着物をまとう粋人の浮世之介にお呼ばれされた。瀟洒《しょうしゃ》な棲家《すみか》狢亭《むじなてい》に上がると、筆と硯《すずり》を扱う老舗大店の隠居・善左衛門がいた。倅の嫁おすまに悪い虫がついたらしく、内々に調べてほしいという。「首尾よく間男と縁を切らせたら、手切れ金の一割、千両なら百両を払う」と約束する隠居に、生唾を飲み込む伝次。ところが、思わぬ流れとなり、邪な渦に呑み込まれ……。風変わりで謎の多い浮世之介とともに弱きを救い、悪に鉄槌《てっつい》を下す、痛快無比の第１弾！

小学館文庫
好評既刊

春風同心十手日記〈一〉

佐々木裕一

ISBN978-4-09-406843-6

定町廻り同心の夏木慎吾が殺しのあったという深川の長屋に出張ってみると、包丁で心臓を刺されたままの竹三が土間で冷たくなっていた。近くに女物の匂い袋が落ちていたところを見ると、一月前に家を出ていった女房おくにの仕業らしい。竹三は酒癖が悪く、毎晩飲んでは、暴力をふるっていたらしいのだ。岡っ引きの五六蔵《ごろぞう》や女医の華山らに助けを借りて探索をはじめた慎吾だったが、すぐに手詰まってしまい……。頭を抱えて帰宅した慎吾の前に、なんと北町奉行の榊原忠之が現れた⁉　しかも、娘の静香まで連れているのは、一体なぜ？　王道の捕物帳、シリーズ第１弾！

小学館文庫
好評既刊

突きの鬼一

鈴木英治

ISBN978-4-09-406544-2

美濃北山三万石の主百目鬼《どうめき》一郎太の楽しみは月に一度の賭場通いだ。秘密の抜け穴を通り、城下外れの賭場に現れた一郎太が、あろうことか、命を狙われた。頭格は大垣半象、二天一流の遣い手で、国家老・黒岩監物の配下だ。突きの鬼一と異名をとる一郎太は二十人以上を斬り捨てて虎口を脱する。だが、襲撃者の中に城代家老・伊吹勘助の倅で、一郎太が打ち出した年貢半減令に賛同していた進兵衛がいた。俺の策は家臣を苦しめていたのか。忸怩たる思いの一郎太は藩主の座を降りることを即刻決意、実母桜香院が偏愛する弟・重二郎に後事を託して単身、江戸に向かう。

―本書のプロフィール―

本書は、小学館文庫のために書き下ろされた作品です。

小学館文庫

土下座奉行《どげざぶぎょう》

著者　伊藤尋也《いとうひろや》

二〇二三年五月七日　初版第一刷発行
二〇二三年九月十日　第三刷発行

発行人　石川和男
発行所　株式会社 小学館
〒一〇一-八〇〇一
東京都千代田区一ツ橋二-三-一
電話　編集〇三-三二三〇-五九五九
販売〇三-五二八一-三五五五
印刷所――図書印刷株式会社

ISBN978-4-09-407251-8